鲁迅 著

陈漱渝
王锡荣
肖振鸣 编

鲁迅著作分类全编

甲编二卷

生命的路

关于思想人生

SPM 南方出版传媒 广东人民出版社

·广州·

图书在版编目（CIP）数据

生命的路 / 鲁迅著；陈漱渝，王锡荣，肖振鸣编 . — 广州：广东人民出版社，2019.7

（鲁迅著作分类全编）

ISBN 978-7-218-13438-3

Ⅰ . ①生… Ⅱ . ①鲁… ②陈… ③王… ④肖… Ⅲ . ①鲁迅散文－散文集 Ⅳ . ① I210.4

中国版本图书馆 CIP 数据核字（2019）第 056073 号

SHENGMING DE LU

生命的路

鲁迅 著　　陈漱渝 王锡荣 肖振鸣 编

出 版 人：肖风华

特邀策划：房向东
责任编辑：严耀峰　马妮璐
责任技编：周 杰　易志华
装帧设计：周伟伟

出版发行：广东人民出版社
地　　址：广东省广州市海珠区新港西路 204 号 2 号楼（邮政编码：510300）
电　　话：（020）85716809（总编室）
传　　真：（020）85716872
网　　址：http://www.gdpph.com
印　　刷：山东临沂新华印刷物流集团有限责任公司
开　　本：787mm×1092mm　1/16
印　　张：15.5　**字　　数：**186 千
版　　次：2019 年 7 月第 1 版　2019 年 7 月第 1 次印刷
定　　价：42.00 元

目 录

周豫才告白

仆已辞去山会师范学校校长。校内诸事业于本月十三日由学务科派科员朱君幼溪至校交代清楚。凡关于该校事务，以后均希向民事署学务科接洽，仆不更负责任。此白。

题注：

本篇最初发表于 1912 年 2 月 19 日《越铎日报》广告栏。初未收集。山会师范学校，原名山会师范学堂，创办于 1909 年。鲁迅于 1911 年 11 月至 12 月间曾任该校监督，1912 年 2 月辞职。

我之节烈观

　　"世道浇漓，人心日下，国将不国"这一类话，本是中国历来的叹声。不过时代不同，则所谓"日下"的事情，也有迁变：从前指的是甲事，现在叹的或是乙事。除了"进呈御览"的东西不敢妄说外，其余的文章议论里，一向就带这口吻。因为如此叹息，不但针砭世人，还可以从"日下"之中，除去自己。所以君子固然相对慨叹，连杀人放火嫖妓骗钱以及一切鬼混的人，也都乘作恶余暇，摇着头说道，"他们人心日下了。"

　　世风人心这件事，不但鼓吹坏事，可以"日下"；即使未曾鼓吹，只是旁观，只是赏玩，只是叹息，也可以叫他"日下"。所以近一年来，居然也有几个不肯徒托空言的人，叹息一番之后，还要想法子来挽救。第一个是康有为，指手画脚的说"虚君共和"才好，陈独秀便斥他不兴；其次是一班灵学派的人，不知何以起了极古奥的思想，要请"孟圣矣乎"的鬼来画策；陈百年钱玄同刘半农又道他胡说。

　　这几篇驳论，都是《新青年》里最可寒心的文章。时候已是二十世纪了；人类眼前，早已闪出曙光。假如《新青年》里，有一篇和别人辩地球方圆的文字，读者见了，怕一定要发怔。然而现今所辩，正和说地体不方相差无几。将时代和事实，对照起来，怎能不教人寒心而且害怕？

近来虚君共和是不提了，灵学似乎还在那里捣鬼，此时却又有一群人，不能满足；仍然摇头说道，"人心日下"了。于是又想出一种挽救的方法；他们叫作"表彰节烈"！

这类妙法，自从君政复古时代以来，上上下下，已经提倡多年；此刻不过是竖起旗帜的时候。文章议论里，也照例时常出现，都嚷道"表彰节烈"！要不说这件事，也不能将自己提拔，出于"人心日下"之中。

节烈这两个字，从前也算是男子的美德，所以有过"节士"，"烈士"的名称。然而现在的"表彰节烈"，却是专指女子，并无男子在内。据时下道德家的意见，来定界说，大约节是丈夫死了，决不再嫁，也不私奔，丈夫死得愈早，家里愈穷，他便节得愈好。烈可是有两种：一种是无论已嫁未嫁，只要丈夫死了，他也跟着自尽；一种是有强暴来污辱他的时候，设法自戕，或者抗拒被杀，都无不可。这也是死得愈惨愈苦，他便烈得愈好，倘若不及抵御，竟受了污辱，然后自戕，便免不了议论。万一幸而遇着宽厚的道德家，有时也可以略迹原情，许他一个烈字。可是文人学士，已经不甚愿意替他作传；就令勉强动笔，临了也不免加上几个"惜夫惜夫"了。

总而言之：女子死了丈夫，便守着，或者死掉；遇了强暴，便死掉；将这类人物，称赞一通，世道人心便好，中国便得救了。大意只是如此。

康有为借重皇帝的虚名，灵学家全靠着鬼话。这表彰节烈，却是全权都在人民，大有渐进自力之意了。然而我仍有几个疑问，须得提出。还要据我的意见，给他解答。我又认定这节烈救世说，是多数国民的意思；主张的人，只是喉舌。虽然是他发声，却和四支五官神经内脏，都有关系。所以我这疑问和解答，便是提出于这群多数国民之前。

首先的疑问是：不节烈（中国称不守节作"失节"，不烈却并无成语，所以只能合称他"不节烈"）的女子如何害了国家？照现在的情形，"国将不国"，自不消说：丧尽良心的事故，层出不穷；刀兵盗贼水旱饥荒，又接连而起。但此等现象，只是不讲新道德新学问的缘故，行为思想，全钞旧帐；所以种种黑暗，竟和古代的乱世仿佛，况且政界军界学界商界等等里面，全是男人，并无不节烈的女子夹杂在内。也未必是有权力的男子，因为受了他们蛊惑，这才丧了良心，放手作恶。至于水旱饥荒，便是专拜龙神，迎大王，滥伐森林，不修水利的祸祟，没有新知识的结果；更与女子无关。只有刀兵盗贼，往往造出许多不节烈的妇女。但也是兵盗在先，不节烈在后，并非因为他们不节烈了，才将刀兵盗贼招来。

其次的疑问是：何以救世的责任，全在女子？照着旧派说起来，女子是"阴类"，是主内的，是男子的附属品。然则治世救国，正须责成阳类，全仗外子，偏劳主体。决不能将一个绝大题目，都阁在阴类肩上。倘依新说，则男女平等，义务略同。纵令该担责任，也只得分担。其余的一半男子，都该各尽义务。不特须除去强暴，还应发挥他自己的美德。不能专靠惩劝女子，便算尽了天职。

其次的疑问是：表彰之后，有何效果？据节烈为本，将所有活着的女子，分类起来，大约不外三种：一种是已经守节，应该表彰的人（烈者非死不可，所以除出）；一种是不节烈的人；一种是尚未出嫁，或丈夫还在，又未遇见强暴，节烈与否未可知的人。第一种已经很好，正蒙表彰，不必说了。第二种已经不好，中国从来不许忏悔，女子做事一错，补过无及，只好任其羞杀，也不值得说了。最要紧的，只在第三种，现在一经感化，他们便都打定主意道："倘若将来丈夫死了，决不再嫁；遇着强暴，赶紧自裁！"试问如此立意，与中国男子做主的世道人心，有何关系？这个缘故，已在上文说明。更有附带的疑问是：节烈的人，既经表彰，自是品格最高。但圣贤虽人人可学，此事却有所不能。假如第三种的人，虽然立志极高，万一丈夫长寿，天下太平，他便只好饮恨吞声，做一世次等的人物。

以上是单依旧日的常识，略加研究，便已发见了许多矛盾。若略带二十世纪气息，便又有两层：

一问节烈是否道德？道德这事，必须普遍，人人应做，人人能行，又于自他两利，才有存在的价值。现在所谓节烈，不特除开男子，绝不相干；就是女子，也不能全体都遇着这名誉的机会。所以决不能认为道德，当作法式。上回《新青年》登出的《贞操论》里，已经说过理由。不过贞是丈夫还在，节是男子已死的区别，道理却可类推。只有烈的一件事，尤为奇怪，还须略加研究。

照上文的节烈分类法看来，烈的第一种，其实也只是守节，不过生死不同。因为道德家分类，根据全在死活，所以归入烈类。性质全异的，便是第二种。这类人不过一个弱者（现在的情形，女子还是弱者），突然遇着男性的暴徒，父兄丈夫力不能救，左邻右舍也不帮忙，于是他就死了；或竟受了辱，仍然死了；或终于没有死。久而久之，父兄丈夫邻舍，夹着文人学士以及道德家，便渐渐聚集，既不羞自己怯弱无能，也不提暴徒如何惩办，只是七口八嘴，议论他死了没有？受污没有？死了如何好，活着如何不好。于是造出了许多光荣的烈女，和许多被人口诛笔伐的不烈女。只要平心一想，便觉不像人间应有的事情，何况说是道德。

二问多妻主义的男子，有无表彰节烈的资格？替以前的道德家说话，一定是理应表彰。因为凡是男子，便有点与众不同，社会上只配有他的意思。一面又靠着阴阳内外的古典，在女子面前逞能。然而一到现在，人类的眼里，不免见到光明，晓得阴阳内外之说，荒谬绝伦；就令如此，也证不出阳比阴尊贵，外比内崇高的道理。况且社会国家，又非单是男子造成。所以只好相信真理，说是一律平等。既然平等，男女便都有一律应守的契约。男子决不能将自己不守的事，向女子特别要求。若是买卖欺骗贡献的婚姻，则要求生时的贞操，尚且毫无理由。何况多妻主义的男子，来表彰女子的节烈。

以上，疑问和解答都完了。理由如此支离，何以直到现今，居然还能存在？要对付这问题，须先看节烈这事，何以发生，何以通行，何以不生改革的缘故。

古代的社会，女子多当作男人的物品。或杀或吃，都无不可；男人死后，和他喜欢的宝贝，日用的兵器，一同殉葬，更无不可。后来殉葬的风气，渐渐改了，守节便也渐渐发生。但大抵因为寡妇是鬼妻，亡魂跟着，所以无人敢娶，并非要他不事二夫。这样风俗，现在的蛮人社会里还有。中国太古的情形，现在已无从详考。但看周末虽有殉葬，并非专用女人，嫁否也任便，并无什么裁制，便可知道脱离了这宗习俗，为日已久。由汉至唐也并没有鼓吹节烈。直到宋朝，那一班"业儒"的才说出"饿死事小失节事大"的话，看见历史上"重适"两个字，便大惊小怪起来。出于真心，还是故意，现在却无从推测。其时也正是"人心日下，国将不国"的时候，全国士民，多不像样。或者"业儒"的人，想借女人守节的话，来鞭策男子，也不一定。但旁敲侧击，方法本嫌鬼祟，其意也太难分明，后来因此多了几个节妇，虽未可知，然而吏民将卒，却仍然无所感动。于是"开化最早，道德第一"的中国终于归了"长生天气力里大福荫护助里"的什么"薛禅皇帝，完泽笃皇帝，曲律皇帝"了。此后皇帝换过了几家，守节思想倒反发达。皇帝要臣子尽忠，男人便愈要女人守节。到了清朝，儒者真是愈加利害。看见唐人文章里有公主改嫁的话，也不免勃然大怒道，"这是什么事！你竟不为尊者讳，这还了得！"假使这唐人还活着，一定要斥革功名，"以正人心而端风俗"了。

国民将到被征服的地位，守节盛了；烈女也从此着重。因为女子既是男子所有，自己死了，不该嫁人，自己活着，自然更不许被夺。然而自己是被征服的国民，没有力量保护，没有勇气反抗了，只好别出心裁，鼓吹女人自杀。或者妻女极多的阔人，婢妾成行的富翁，乱离时候，照顾不到，一遇"逆兵"（或是"天兵"），就无法可想。只得救了自己，请别人都做烈女；变成烈女，"逆兵"便不要了。他便待事定以后，慢慢回来，称赞几句。好在男子再娶，又是天经地义，别讨女人，便都完事。因此世上遂有了"双烈合传"，"七姬墓志"，甚而至于钱谦益的集中，也布满了"赵节妇""钱烈女"的传记和歌颂。

只有自己不顾别人的民情，又是女应守节男子却可多妻的社会，造出如此畸形道德，而且日见精密苛酷，本也毫不足怪。但主张的是男子，上当的是女子。女子本身，何以毫无异言呢？原来"妇者服也"，理应服事于人。教育固可不必，连开口也都犯法。他的精神，也同他体质一样，成了畸形。所以对于这畸形道德，实在无甚意见。就令有了异议，也没有发表的机会。做几首"闺中望月""园里看花"的诗，尚且怕男子骂他怀春，何况竟敢破坏这"天地间的正气"？只有说部书上，记载过几个女人，因为境遇上不愿守节，据做书的人说：可是他再嫁以后，便被前夫的鬼捉去，落了地狱；或者世人个个唾骂，做了乞丐，也竟求乞无门，终于惨苦不堪而死了！

如此情形，女子便非"服也"不可。然而男子一面，何以也不主张真理，只是一味敷衍呢？汉朝以后，言论的机关，都被"业儒"的垄断了。宋元以来，尤其利害。我们几乎看不见一部非业儒的书，听不到一句非士人的话。除了和尚道士，奉旨可以说话的以外，其余"异端"的声音，决不能出他卧房一步。况且世人大抵受了"儒者柔也"的影响；不述而作，最为犯忌。即使有人见到，也不肯用性命来换真理。即如失节一事，岂不知道必须男女两性，才能实现。他却专责女性；至于破人节操的男子，以及造成不烈的暴徒，便都含糊过去。男子究竟较女性难惹，惩罚也比表彰为难。其间虽有过几个男人，实觉于心不安，说些室女不应守志殉死的平和话，可是社会不听；再说下去，便要不容，与失节的女人一样看待。他便也只好变了"柔也"，不再开口了。所以节烈这事，到现在不生变革。

（此时，我应声明：现在鼓吹节烈派的里面，我颇有知道的人。敢说确有好人在内，居心也好。可是救世的方法是不对，要向西走了北了。但也不能因为他是好人，便竟能从正西直走到北。所以我又愿他回转身来。）

其次还有疑问：

节烈难么？答道，很难。男子都知道极难，所以要表彰他。社会的公意，向来以为贞淫与否，全在女性。男子虽然诱惑了女人，却不负责任。譬如甲男引诱乙女，乙女不允，便是贞节，死了，便是烈；甲男并无恶名，社会可算淳古。倘若乙女允了，便是失节；甲男也无恶名，可是世风被乙女败坏了！别的事情，也是如此。所以历史上亡国败家的原因，每每归咎女子。糊糊涂涂的代担全体的罪恶，已经三千多年了。男子既然不负责任，又不能自己反省，自然放心诱惑；

文人著作，反将他传为美谈。所以女子身旁，几乎布满了危险。除却他自己的父兄丈夫以外，便都带点诱惑的鬼气。所以我说很难。

节烈苦么？答道，很苦。男子都知道很苦，所以要表彰他。凡人都想活；烈是必死，不必说了。节妇还要活着。精神上的惨苦，也姑且弗论。单是生活一层，已是大宗的痛楚。假使女子生计已能独立，社会也知道互助，一人还可勉强生存。不幸中国情形，却正相反。所以有钱尚可，贫人便只能饿死。直到饿死以后，间或得了旌表，还要写入志书。所以各府各县志书传记类的末尾，也总有几卷"烈女"。一行一人，或是一行两人，赵钱孙李，可是从来无人翻读。就是一生崇拜节烈的道德大家，若问他贵县志书里烈女门的前十名是谁？也怕不能说出。其实他是生前死后，竟与社会漠不相关的。所以我说很苦。

照这样说，不节烈便不苦么？答道，也很苦。社会公意，不节烈的女人，既然是下品；他在这社会里，是容不住的。社会上多数古人模模糊糊传下来的道理，实在无理可讲；能用历史和数目的力量，挤死不合意的人。这一类无主名无意识的杀人团里，古来不晓得死了多少人物；节烈的女子，也就死在这里。不过他死后间有一回表彰，写入志书。不节烈的人，便生前也要受随便什么人的唾骂，无主名的虐待。所以我说也很苦。

女子自己愿意节烈么？答道，不愿。人类总有一种理想，一种希望。虽然高下不同，必须有个意义。自他两利固好，至少也得有益本身。节烈很难很苦，既不利人，又不利己。说是本人愿意，实在不合人情。所以假如遇着少年女人，诚心祝赞他将来节烈，一定发怒；或者还要受他父兄丈夫的尊拳。然而仍旧牢不可破，便是被这历史和数目的力量挤着。可是无论何人，都怕这节烈。怕他竟钉到自己和亲骨肉的身上。所以我说不愿。

我依据以上的事实和理由，要断定节烈这事是：极难，极苦，不愿身受，然而不利自他，无益社会国家，于人生将来又毫无意义的行为，现在已经失了存在的生命和价值。

临了还有一层疑问：

节烈这事，现代既然失了存在的生命和价值；节烈的女人，岂非白苦一番么？可以答他说：还有哀悼的价值。他们是可怜人；不幸上了历史和数目的无意识的圈套，做了无主名的牺牲。可以开一个追悼大会。

我们追悼了过去的人，还要发愿：要自己和别人，都纯洁聪明勇猛向上。要除去虚伪的脸谱。要除去世上害己害人的昏迷和强暴。

我们追悼了过去的人，还要发愿：要除去于人生毫无意义的苦痛。要除去制造并赏玩别人苦痛的昏迷和强暴。

我们还要发愿：要人类都受正当的幸福。

一九一八年七月。

题注：

本篇最初发表于 1918 年 8 月《新青年》月刊第五卷第二号，署名唐俟。收入《坟》。

辛亥革命后，社会上仍不断涌现封建复古逆流，其中之一就是"表彰节烈"。1914 年袁世凯颁布旨在维护封建礼教的《褒扬条例》。1917 年 11 月，北洋政府代理总统冯国璋又公布《修正褒扬条例》，规定凡合"孝行纯笃""节烈妇女"等八条之一者，由部呈请褒扬。报刊上也常登出颂扬"节妇""烈女"的纪事和诗文。鉴于社会上的复古风潮，陈独秀、陈百年、钱玄同、刘半农等在《新青年》上发表文章加以驳斥，鲁迅这篇文章也是以《新青年》为阵地，向旧礼教宣战。

我们现在怎样做父亲

我作这一篇文的本意，其实是想研究怎样改革家庭；又因为中国亲权重，父权更重，所以尤想对于从来认为神圣不可侵犯的父子问题，发表一点意见。总而言之：只是革命要革到老子身上罢了。但何以大模大样，用了这九个字的题目呢？这有两个理由：

第一，中国的"圣人之徒"，最恨人动摇他的两样东西。一样不必说，也与我辈绝不相干；一样便是他的伦常，我辈却不免偶然发几句议论，所以株连牵扯，很得了许多"铲伦常""禽兽行"之类的恶名。他们以为父对于子，有绝对的权力和威严；若是老子说话，当然无所不可，儿子有话，却在未说之前早已错了。但祖父子孙，本来各各都只是生命的桥梁的一级，决不是固定不易的。现在的子，便是将来的父，也便是将来的祖。我知道我辈和读者，若不是现任之父，也一定是候补之父，而且也都有做祖宗的希望，所差只在一个时间。为想省却许多麻烦起见，我们便该无须客气，尽可先行占住了上风，摆出父亲的尊严，谈谈我们和我们子女的事；不但将来着手实行，可以减少困难，在中国也顺理成章，免得"圣人之徒"听了害怕，总算是一举两得之至的事了。所以说，"我们怎样做父亲。"

第二，对于家庭问题，我在《新青年》的《随感录》（二五，四十，四九）中，曾经略略说及，总括大意，便只是从我们起，解放了后来的人。论到解放子女，本是极平常的事，当然不必有什么讨论。但中国的老年，中了旧习惯旧思想的毒太深了，决定悟不过来。譬如早晨听到乌鸦叫，少年毫不介意，迷信的老人，却总须颓唐半天。虽然很可怜，然而也无法可救。没有法，便只能先从觉醒的人开手，各自解放了自己的孩子。自己背着因袭的重担，肩住了黑暗的闸门，放他们到宽阔光明的地方去；此后幸福的度日，合理的做人。

还有，我曾经说，自己并非创作者，便在上海报纸的《新教训》里，挨了一顿骂。但我辈评论事情，总须先评论了自己，不要冒充，才能像一篇说话，对得起自己和别人。我自己知道，不特并非创作者，并且也不是真理的发见者。凡有所说所写，只是就平日见闻的事理里面，取了一点心以为然的道理；至于终极究竟的事，却不能知。便是对于数年以后的学说的进步和变迁，也说不出会到如何地步，单相信比现在总该还有进步还有变迁罢了。所以说，"我们现在怎样做父亲。"

我现在心以为然的道理，极其简单。便是依据生物界的现象，一，要保存生命；二，要延续这生命；三，要发展这生命（就是进化）。生物都这样做，父亲也就是这样做。

生命的价值和生命价值的高下，现在可以不论。单照常识判断，便知道既是生物，第一要紧的自然是生命。因为生物之所以为生物，全在有这生命，否则失了生物的意义。生物为保存生命起见，具有种种本能，最显著的是食欲。因有食欲才摄取食品，因有食品才发生温热，保存了生命。但生物的个体，总免不了老衰和死亡，为继续生命起见，又有一种本能，便是性欲。因性欲才有性交，因有性交才发生苗裔，继续了生命。所以食欲是保存自己，保存现在生命的事；性欲是保存后裔，保存永久生命的事。饮食并非罪恶，并非不净；性交也就并非罪恶，并非不净。饮食的结果，养活了自己，对于自己没有恩；性交的结果，生出子女，对于子女当然也算不了恩。——前前后后，都向生命的长途走去，仅有先后的不同，分不出谁受谁的恩典。

可惜的是中国的旧见解，竟与这道理完全相反。夫妇是"人伦之中"，却说是"人伦之始"；性交是常事，却以为不净；生育也是常事，却以为天大的大功。人人对于婚姻，大抵先夹带着不净的思想。亲戚朋友有许多戏谑，自己也有许多羞涩，直到生了孩子，还是躲躲闪闪，怕敢声明；独有对于孩子，却威严十足。这种行径，简直可以说是和偷了钱发迹的财主，不相上下了。我并不是说，——如他们攻击者所意想的，——人类的性交也应如别种动物，随便举行；或如无耻流氓，专做些下流举动，自鸣得意。是说，此后觉醒的人，应该先洗净了东方固有的不净思想，再纯洁明白一些，了解夫妇是伴侣，是共同劳动者，又是新生命创造者的意义。所生的子女，固然是受领新生命的人，但他也不永久占领，将来还要交付子女，像他们的父母一般。只是前前后后，都做一个过付的经手人罢了。

生命何以必需继续呢？就是因为要发展，要进化。个体既然免不了死亡，进化又毫无止境，所以只能延续着，在这进化的路上走。走这路须有一种内的努力，有如单细胞动物有内的努力，积久才会繁复，无脊椎动物有内的努力，积久才会发生脊椎。所以后起的生命，总比以前的更有意义，更近完全，因此也更有价值，更可宝贵；前者的生命，应该牺牲于他。

但可惜的是中国的旧见解，又恰恰与这道理完全相反。本位应在幼者，却反在长者；置重应在将来，却反在过去。前者做了更前者的牺牲，自己无力生存，却苛责后者又来专做他的牺牲，毁灭了一切发展本身的能力。我也不是说，——如他们攻击者所意想的，——孙子理应终日痛打他的祖父，女儿必须时时咒骂他的亲娘。是说，此后觉醒的人，应该先洗净了东方古传的谬误思想，对于子女，义务思想须加多，而权利思想却大可切实核减，以准备改作幼者本位的道德。况且幼者受了权利，也并非永久占有，将来还要对于他们的幼者，仍尽义务。只是前前后后，都做一切过付的经手人罢了。

"父子间没有什么恩"这一个断语，实是招致"圣人之徒"面红耳赤的一大原因。他们的误点，便在长者本位与利己思想，权利思想很重，义务思想和责任心却很轻。以为父子关系，只须"父兮生我"一件事，幼者的全部，便应为长者所有。尤其堕落的，是因此责望报偿，以为幼者的全部，理该做长者的牺牲。殊不知自然界的安排，却件件与这要求反对，我们从古以来，逆天行事，于是人的能力，十分萎缩，社会的进步，也就跟着停顿。我们虽不能说停顿便要灭亡，但较之进步，总是停顿与灭亡的路相近。

自然界的安排，虽不免也有缺点，但结合长幼的方法，却并无错误。他并不用"恩"，却给与生物以一种天性，我们称他为"爱"。动物界中除了生子数目太多——爱不周到的如鱼类之外，总是挚爱他的幼子，不但绝无利益心情，甚或至于牺牲了自己，让他的将来的生命，去上那发展的长途。

人类也不外此，欧美家庭，大抵以幼者弱者为本位，便是最合于这生物学的真理的办法。便在中国，只要心思纯白，未曾经过"圣人之徒"作践的人，也都自然而然的能发现这一种天性。例如一个村妇哺乳婴儿的时候，决不想到自己正在施恩；一个农夫娶妻的时候，也决不以为将要放债。只是有了子女，即天然相爱，愿他生存；

更进一步的，便还要愿他比自己更好，就是进化。这离绝了交换关系利害关系的爱，便是人伦的索子，便是所谓"纲"。倘如旧说，抹煞了"爱"，一味说"恩"，又因此责望报偿，那便不但败坏了父子间的道德，而且也大反于做父母的实际的真情，播下乖剌的种子。有人做了乐府，说是"劝孝"，大意是什么"儿子上学堂，母亲在家磨杏仁，预备回来给他喝，你还不孝么"之类，自以为"拚命卫道"。殊不知富翁的杏酪和穷人的豆浆，在爱情上价值同等，而其价值却正在父母当时并无求报的心思；否则变成买卖行为，虽然喝了杏酪，也不异"人乳喂猪"，无非要猪肉肥美，在人伦道德上，丝毫没有价值了。

所以我现在心以为然的，便只是"爱"。

无论何国何人，大都承认"爱己"是一件应当的事。这便是保存生命的要义，也就是继续生命的根基。因为将来的运命，早在现在决定，故父母的缺点，便是子孙灭亡的伏线，生命的危机。易卜生做的《群鬼》（有潘家洵君译本，载在《新潮》一卷五号）虽然重在男女问题，但我们也可以看出遗传的可怕。欧士华本是要生活，能创作的人，因为父亲的不检，先天得了病毒，中途不能做人了。他又很爱母亲，不忍劳他服侍，便藏着吗啡，想待发作时候，由使女瑞琴帮他吃下，毒杀了自己；可是瑞琴走了。他于是只好托他母亲了。

欧　"母亲，现在应该你帮我的忙了。"

阿夫人　"我吗？"

欧　"谁能及得上你。"

阿夫人　"我！你的母亲！"

欧　"正为那个。"

阿夫人　"我，生你的人！"

欧　"我不曾教你生我。并且给我的是一种什么日子？我不要他！你拿回去罢！"

这一段描写，实在是我们做父亲的人应该震惊戒惧佩服的；决不能昧了良心，说儿子理应受罪。这种事情，中国也很多，只要在医院做事，便能时时看见先天梅毒性病儿的惨状；而且傲然的送来的，又大抵是他的父母。但可怕的遗传，并不只是梅毒；另外许多精神上体质上的缺点，也可以传之子孙，而且久而久之，连社会都蒙着影响。我们且不高谈人群，单为子女说，便可以说凡是不爱己的人，实在欠缺做父亲的资格。就令硬做了父亲，也不过如古代的草寇称王一般，万万算不了正统。将来学问发达，社会改造时，他们侥幸留下的苗裔，恐怕总不免要受善种学（Eugenics）者的处置。

倘若现在父母并没有将什么精神上体质上的缺点交给子女，又不遇意外的事，子女便当然健康，总算已经达到了继续生命的目的。但父母的责任还没有完，因为生命虽然继续了，却是停顿不得，所以还须教这新生命去发展。凡动物较高等的，对于幼雏，除了养育保护以外，往往还教他们生存上必需的本领。例如飞禽便教飞翔，鸷兽便教搏击。人类更高几等，便也有愿意子孙更进一层的天性。这也是爱，上文所说的是对于现在，这是对于将来。只要思想未遭锢蔽的人，谁也喜欢子女比自己更强，更健康，更聪明高尚，——更幸福；就是超越了自己，超越了过去。超越便须改变，所以子孙对于祖先的事，应该改变，"三年无改于父之道可谓孝矣"，当然是曲说，是退婴的病根。假使古代的单细胞动物，也遵着这教训，那便永远不敢分裂繁复，世界上再也不会有人类了。

幸而这一类教训，虽然害过许多人，却还未能完全扫尽了一切人的天性。没有读过"圣贤书"的人，还能将这天性在名教的斧钺底下，时时流露，时时萌蘗；这便是中国人虽然凋落萎缩，却未灭绝的原因。

所以觉醒的人，此后应将这天性的爱，更加扩张，更加醇化；用无我的爱，自己牺牲于后起新人。开宗第一，便是理解。往昔的欧人对于孩子的误解，是以为成人的预备；中国人的误解，是以为缩小的成人。直到近来，经过许多学者的研究，才知道孩子的世界，与成人截然不同；倘不先行理解，一味蛮做，便大碍于孩子的发达。所以一切设施，都应该以孩子为本位，日本近来，觉悟的也很不少；对于儿童的设施，研究儿童的事业，都非常兴盛了。第二，便是指导。时势既有改变，生活也必须进化；所以后起的人物，一定尤异于前，决不能用同一模型，无理嵌定。长者须是指导者协商者，却不该是命令者。不但不该责幼者供奉自己；而且还须用全副精神，专为他们自己，养成他们有耐劳作的体力，纯洁高尚的道德，广博自由能容纳新潮流的精神，也就是能在世界新潮流中游泳，不被淹没的力量。第三，便是解放。子女是即我非我的人，但既已分立，也便是人类中的人。因为即我，所以更应该尽教育的义务，交给他们自立的能力；因为非我，所以也应同时解放，全部为他们自己所有，成一个独立的人。

这样，便是父母对于子女，应该健全的产生，尽力的教育，完全的解放。

但有人会怕，仿佛父母从此以后，一无所有，无聊之极了。这种空虚的恐怖和无聊的感想，也即从谬误的旧思想发生；倘明白了生物学的真理，自然便会消灭。但要做解放子女的父母，也应预备一种能力。便是自己虽然已经带着过去的色采，却不失独立的本领和精神，有广博的趣味，高尚的娱乐。要幸福么？连你的将来的生命都幸福了。要“返老还童”，要“老复丁”么？子女便是“复丁”，都已独立而且更好了。这才是完了长者的任务，得了人生的慰安。倘若思想本领，样样照旧，专以"勃谿"为业，行辈自豪，那便自然免不了空虚无聊的苦痛。

或者又怕，解放之后，父子间要疏隔了。欧美的家庭，专制不及中国，早已大家知道；往者虽有人比之禽兽，现在却连"卫道"的圣徒，也曾替他们辩护，说并无"逆子叛弟"了。因此可知：惟其解放，所以相亲；惟其没有"拘挛"子弟的父兄，所以也没有反抗"拘挛"的"逆子叛弟"。若威逼利诱，便无论如何，决不能有"万年有道之长"。例便如我中国，汉有举孝，唐有孝悌力田科，清末也还有孝廉方正，都能换到官做。父恩谕之于先，皇恩施之于后，然而割股的人物，究属寥寥。足可证明中国的旧学说旧手段，实在从古以来，并无良效，无非使坏人增长些虚伪，好人无端的多受些人我都无利益的苦痛罢了。

独有"爱"是真的。路粹引孔融说，"父之于子，当有何亲？论其本意，实为情欲发耳。子之于母，亦复奚为，譬如寄物瓶中，出则离矣。"（汉末的孔府上，很出过几个有特色的奇人，不像现在这般冷落，这话也许确是北海先生所说；只是攻击他的偏是路粹和曹操，教人发笑罢了。）虽然也是一种对于旧说的打击，但实于事理不合。因为父母生了子女，同时又有天性的爱，这爱又很深广很长久，不会即离。现在世界没有大同，相爱还有差等，子女对于父母，也便最爱，最关切，不会即离。所以疏隔一层，不劳多虑。至于一种例外的人，或者非爱所能钩连。但若爱力尚且不能钩连，那便任凭什么"恩威，名分，天经，地义"之类，更是钩连不住。

或者又怕，解放之后，长者要吃苦了。这事可分两层：第一，中国的社会，虽说"道德好"，实际却太缺乏相爱相助的心思。便是

"孝""烈"这类道德，也都是旁人毫不负责，一味收拾幼者弱者的方法。在这样社会中，不独老者难于生活，即解放的幼者，也难于生活。第二，中国的男女，大抵未老先衰，甚至不到二十岁，早已老态可掬，待到真实衰老，便更须别人扶持。所以我说，解放子女的父母，应该先有一番预备；而对于如此社会，尤应该改造，使他能适于合理的生活。许多人预备着，改造着，久而久之，自然可望实现了。单就别国的往时而言，斯宾塞未曾结婚，不闻他侘傺无聊；瓦特早没有了子女，也居然"寿终正寝"，何况在将来，更何况有儿女的人呢？

或者又怕，解放之后，子女要吃苦了。这事也有两层，全如上文所说，不过一是因为老而无能，一是因为少不更事罢了。因此觉醒的人，愈觉有改造社会的任务。中国相传的成法，谬误很多：一种是锢闭，以为可以与社会隔离，不受影响。一种是教给他恶本领，以为如此才能在社会中生活。用这类方法的长者，虽然也含有继续生命的好意，但比照事理，却决定谬误。此外还有一种，是传授些周旋方法，教他们顺应社会。这与数年前讲"实用主义"的人，因为市上有假洋钱，便要在学校里遍教学生看洋钱的法子之类，同一错误。社会虽然不能不偶然顺应，但决不是正当办法。因为社会不良，恶现象便很多，势不能一一顺应；倘都顺应了，又违反了合理的生活，倒走了进化的路。所以根本方法，只有改良社会。

就实际上说，中国旧理想的家族关系父子关系之类，其实早已崩溃。这也非"于今为烈"，正是"在昔已然"。历来都竭力表彰"五世同堂"，便足见实际上同居的为难；拚命的劝孝，也足见事实上孝子的缺少。而其原因，便全在一意提倡虚伪道德，蔑视了真的人情。我们试一翻大族的家谱，便知道始迁祖宗，大抵是单身迁居，成家立业；一到聚族而居，家谱出版，却已在零落的中途了。况在将来，迷信破了，便没有哭竹，卧冰；医学发达了，也不必尝秽，割股。又因为经济关系，结婚不得不迟，生育因此也迟，或者子女才能自存，父母已经衰老，不及依赖他们供养，事实上也就是父母反尽了义务。世界潮流逼拶着，这样做的可以生存，不然的便都衰落；无非觉醒者多，加些人力，便危机可望较少就是了。

但既如上言，中国家庭，实际久已崩溃，并不如"圣人之徒"纸上的空谈，则何以至今依然如故，一无进步呢？这事很容易解答。第一，崩溃者自崩溃，纠缠者自纠缠，设立者又自设立；毫无戒心，也不想到改革，所以如故。第二，以前的家庭中间，本来常有勃谿，到了新名词流行之后，便都改称"革命"，然而其实也仍是讨嫖钱至于相骂，要赌本至于相打之类，与觉醒者的改革，截然两途。这一类自称"革命"的勃谿子弟，纯属旧式，待到自己有了子女，也决不解放；或者毫不管理，或者反要寻出《孝经》，勒令诵读，想他们"学于古训"，都做牺牲。这只能全归旧道德旧习惯旧方法负责，生物学的真理决不能妄任其咎。

既如上言，生物为要进化，应该继续生命，那便"不孝有三无后为大"，三妻四妾，也极合理了。这事也很容易解答。人类因为无后，绝了将来的生命，虽然不幸，但若用不正当的方法手段，苟延生命而害及人群，便该比一人无后，尤其"不孝"。因为现在的社会，一夫一妻制最为合理，而多妻主义，实能使人群堕落。堕落近于退化，与继续生命的目的，恰恰完全相反。无后只是灭绝了自己，退化状态的有后，便会毁到他人。人类总有些为他人牺牲自己的精神，而况生物自发生以来，交互关联，一人的血统，大抵总与他人有多少关系，不会完全灭绝。所以生物学的真理，决非多妻主义的护符。

总而言之，觉醒的父母，完全应该是义务的，利他的，牺牲的，很不易做；而在中国尤不易做。中国觉醒的人，为想随顺长者解放幼者，便须一面清结旧账，一面开辟新路。就是开首所说的"自己背着因袭的重担，肩住了黑暗的闸门，放他们到宽阔光明的地方去；此后幸福的度日，合理的做人。"这是一件极伟大的要紧的事，也是一件极困苦艰难的事。

但世间又有一类长者，不但不肯解放子女，并且不准子女解放他们自己的子女；就是并要孙子曾孙都做无谓的牺牲。这也是一个问题；而我是愿意平和的人，所以对于这问题，现在不能解答。

一九一九年十月。

题注：

本篇最初发表于1919年11月《新青年》月刊第六卷第六号，署名唐俟。收入《坟》。

《新青年》同人们倡导白话文，对几千年封建社会遵循的伦理纲常发出质疑和挑战，引起当时竭力维护旧道德和旧文学的林琴南等人的不满，1919年3月林琴南在北京《公言报》上发表给北京大学校长蔡元培的公开信，向新文化运动发起挑战。针对这班"圣人之徒"维护的"伦常"问题，鲁迅提出了"我们现在怎样做父亲"的问题，指出觉醒的父母应该"自己背着因袭的重担，肩住了黑暗的闸门，放他们到宽阔光明的地方去"。

随感录二十五

我曾见严又陵在一本什么书上发过议论，书名和原文都忘记了。大意是："在北京道上，看见许多孩子，辗转于车轮马足之间，很怕把他们碰死了，又想起他们将来怎样得了，很是害怕。"其实别的地方，也都如此，不过车马多少不同罢了。现在到了北京，这情形还未改变，我也时时发起这样的忧虑；一面又佩服严又陵究竟是"做"过赫胥黎《天演论》的，的确与众不同：是一个十九世纪末年中国感觉锐敏的人。

穷人的孩子，蓬头垢面的在街上转；阔人的孩子，妖形妖势娇声娇气的在家里转。转得大了，都昏天黑地的在社会上转，同他们的父亲一样，或者还不如。

所以看十来岁的孩子，便可以逆料二十年后中国的情形；看二十多岁的青年，——他们大抵有了孩子，尊为爹爹了，——便可以推测他儿子孙子，晓得五十年后七十年后中国的情形。

中国的孩子，只要生，不管他好不好，只要多，不管他才不才。生他的人，不负教他的责任。虽然"人口众多"这一句话，很可以闭了眼睛自负，然而这许多人口，便只在尘土中辗转，小的时候，不把他当人，大了以后，也做不了人。

中国娶妻早是福气，儿子多也是福气。所有小孩，只是他父母福气的材料，并非将来的"人"的萌芽，所以随便辗转，没人管他，因为无论如何，数目和材料的资格，总还存在。即使偶尔送进学堂，然而社会和家庭的习惯，尊长和伴侣的脾气，却多与教育反背，仍然使他与新时代不合。大了以后，幸而生存，也不过"仍旧贯如之何"，照例是制造孩子的家伙，不是"人"的父亲，他生了孩子，便仍然不是"人"的萌芽。

最看不起女人的奥国人华宁该尔（Otto Weininger）曾把女人分成两大类：一是"母妇"，一是"娼妇"。照这分法，男人便也可以分作"父男"和"嫖男"两类了。但这父男一类，却又可以分成两种：其一是孩子之父，其一是"人"之父。第一种只会生，不会教，还带点嫖男的气息。第二种是生了孩子，还要想怎样教育，才能使这生下来的孩子，将来成一个完全的人。

前清末年，某省初开师范学堂的时候，有一位老先生听了，很为诧异，便发愤说："师何以还须受教，如此看来，还该有父范学堂了！"这位老先生，便以为父的资格，只要能生。能生这件事，自然便会，何须受教呢。却不知中国现在，正须父范学堂；这位先生便须编入初等第一年级。

因为我们中国所多的是孩子之父；所以以后是只要"人"之父！

题注：

本篇最初发表于1918年9月15日《新青年》第五卷第三号，署名唐俟。收入《热风》。《新青年》自1918年4月第四卷第四号起，发表关于社会和文化的短评，总题为"随感录"，并标序号，自第 56 篇起，在序号后另标篇名。从 1918 年 9 月第五卷第三号起至 1919 年 11 月第六卷第六号止，鲁迅在该刊共发表"随感录"27 篇，后全部收入《热风》。关于本篇，鲁迅于 1919 年 5 月在《我们现在怎样做父亲》中说："对于家庭问题，我在《新青年》的《随感录》(二五,四十,四九)中，曾经略略说及，总括大意，便只是从我们起，解放了后来的人。"

随感录三十五

从清朝末年，直到现在，常常听人说"保存国粹"这一句话。

前清末年说这话的人，大约有两种：一是爱国志士，一是出洋游历的大官。他们在这题目的背后，各各藏着别的意思。志士说保存国粹，是光复旧物的意思；大官说保存国粹，是教留学生不要去剪辫子的意思。

现在成了民国了。以上所说的两个问题，已经完全消灭。所以我不能知道现在说这话的是那一流人，这话的背后藏着什么意思了。

可是保存国粹的正面意思，我也不懂。

什么叫"国粹"？照字面看来，必是一国独有，他国所无的事物了。换一句话，便是特别的东西。但特别未必定是好，何以应该保存？

譬如一个人，脸上长了一个瘤，额上肿出一颗疮，的确是与众不同，显出他特别的样子，可以算他的"粹"。然而据我看来，还不如将这"粹"割去了，同别人一样的好。

倘说：中国的国粹，特别而且好；又何以现在糟到如此情形，新派摇头，旧派也叹气。

倘说：这便是不能保存国粹的缘故，开了海禁的缘故，所以必须保存。但海禁未开以前，全国都是"国粹"，理应好了；何以春秋战国五胡十六国闹个不休，古人也都叹气。

倘说：这是不学成汤文武周公的缘故；何以真正成汤文武周公时代，也先有桀纣暴虐，后有殷顽作乱；后来仍旧弄出春秋战国五胡十六国闹个不休，古人也都叹气。

我有一位朋友说得好："要我们保存国粹，也须国粹能保存我们。"

保存我们，的确是第一义。只要问他有无保存我们的力量，不管他是否国粹。

题注：

本篇最初发表于 1918 年 11 月 15 日《新青年》第五卷第五号，署名唐俟。收入《热风》。在清末革命风起云涌、中西文化冲突的背景下，出现了一股"保存国粹"的思潮，代表人物有章太炎、刘师培、邓实、黄节、陈去病、黄侃、马叙伦等，他们大多是国学根底较深的革命党人，即鲁迅文中所说"爱国志士"，其目的是"光复旧物"。但另有一部分人鼓吹"保存国粹"，则是一味地守旧。鲁迅在这篇随感中指出其实质是维护封建礼教、封建道德和文化，阻遏社会进步。

随感录三十六

现在许多人有大恐惧；我也有大恐惧。

许多人所怕的，是"中国人"这名目要消灭；我所怕的，是中国人要从"世界人"中挤出。

我以为"中国人"这名目，决不会消灭；只要人种还在，总是中国人。譬如埃及犹太人，无论他们还有"国粹"没有，现在总叫他埃及犹太人，未尝改了称呼。可见保存名目，全不必劳力费心。

但是想在现今的世界上，协同生长，挣一地位，即须有相当的进步的智识，道德，品格，思想，才能够站得住脚：这事极须劳力费心。而"国粹"多的国民，尤为劳力费心，因为他的"粹"太多。粹太多，便太特别。太特别，便难与种种人协同生长，挣得地位。

有人说："我们要特别生长；不然，何以为中国人！"

于是乎要从"世界人"中挤出。

于是乎中国人失了世界，却暂时仍要在这世界上住！——这便是我的大恐惧。

题注：

本篇最初发表于 1918 年 11 月 15 日《新青年》第五卷第五号，署名俟。收入《热风》。此篇内容接续上篇，继续针砭"保存国粹"论。

随感录四十

终日在家里坐，至多也不过看见窗外四角形惨黄色的天，还有什么感？只有几封信，说道，"久违芝宇，时切葭思；"有几个客，说道，"今天天气很好"：都是祖传老店的文字语言。写的说的，既然有口无心，看的听的，也便毫无所感了。

有一首诗，从一位不相识的少年寄来，却对于我有意义。——

爱情

我是一个可怜的中国人。爱情！我不知道你是什么。

我有父母，教我育我，待我很好；我待他们，也还不差。我有兄弟姊妹，幼时共我玩耍，长来同我切磋，待我很好；我待他们，也还不差。但是没有人曾经"爱"过我，我也不曾"爱"过他。

我年十九，父母给我讨老婆。于今数年，我们两个，也还和睦。可是这婚姻，是全凭别人主张，别人撮合：把他们一日戏言，当我们百年的盟约。仿佛两个牲口听着主人的命令："咄，你们好好的住在一块儿罢！"

爱情！可怜我不知道你是什么！

诗的好歹，意思的深浅，姑且勿论；但我说，这是血的蒸气，醒过来的人的真声音。

爱情是什么东西？我也不知道。中国的男女大抵一对或一群——一男多女——的住着，不知道有谁知道。

但从前没有听到苦闷的叫声。即使苦闷，一叫便错；少的老的，一齐摇头，一齐痛骂。

然而无爱情结婚的恶结果，却连续不断的进行。形式上的夫妇，既然都全不相关，少的另去姘人宿娼，老的再来买妾：麻痹了良心，各有妙法。所以直到现在，不成问题。但也曾造出一个"妒"字，略表他们曾经苦心经营的痕迹。

可是东方发白，人类向各民族所要的是"人"，——自然也是"人之子"——我们所有的是单是人之子，是儿媳妇与儿媳之夫，不能献出于人类之前。

可是魔鬼手上，终有漏光的处所，掩不住光明：人之子醒了；他知道了人类间应有爱情；知道了从前一班少的老的所犯的罪恶；于是起了苦闷，张口发出这叫声。

但在女性一方面，本来也没有罪，现在是做了旧习惯的牺牲。我们既然自觉着人类的道德，良心上不肯犯他们少的老的的罪，又不能责备异性，也只好陪着做一世牺牲，完结了四千年的旧账。

做一世牺牲，是万分可怕的事；但血液究竟干净，声音究竟醒而且真。

我们能够大叫，是黄莺便黄莺般叫；是鸱鸮便鸱鸮般叫。我们不必学那才从私窝子里跨出脚，便说"中国道德第一"的人的声音。

我们还要叫出没有爱的悲哀，叫出无所可爱的悲哀。……我们要叫到旧账勾消的时候。

旧账如何勾消？我说，"完全解放了我们的孩子！"

题注：

本篇最初发表于《新青年》第六卷第一号（1919 年 1 月 15 日），署名唐俟。收入《热风》。鲁迅的婚姻是包办婚姻，鲁迅友人许寿裳在《亡友鲁迅印象记》中记载，鲁迅新婚后说过这样的话："这是一件母亲送给我的礼物，我只能好好地供养它，爱情是我所不知道的。"因此"一位不相识的少年寄来"的一首诗，让他产生强烈共鸣，写下这篇随感。

随感录四十一

从一封匿名信里看见一句话，是"数麻石片"（原注江苏方言），大约是没有本领便不必提倡改革，不如去数石片的好的意思。因此又记起了本志通信栏内所载四川方言的"洗煤炭"。想来别省方言中，相类的话还多；守着这专劝人自暴自弃的格言的人，怕也并不少。

凡中国人说一句话，做一件事，倘与传来的积习有若干抵触，须一个斤斗便告成功，才有立足的处所；而且被恭维得烙铁一般热。否则免不了标新立异的罪名，不许说话；或者竟成了大逆不道，为天地所不容。这一种人，从前本可以夷到九族，连累邻居；现在却不过是几封匿名信罢了。但意志略略薄弱的人便不免因此萎缩，不知不觉的也入了"数麻石片"党。

所以现在的中国，社会上毫无改革，学术上没有发明，美术上也没有创作；至于多人继续的研究，前仆后继的探险，那更不必提了。国人的事业，大抵是专谋时式的成功的经营，以及对于一切的冷笑。

但冷笑的人，虽然反对改革，却又未必有保守的能力：即如文字一面，白话固然看不上眼，古文也不甚提得起笔。照他的学说，本该去"数麻石片"了；他却又不然，只是莫名其妙的冷笑。

中国的人，大抵在如此空气里成功，在如此空气里萎缩腐败，以至老死。

我想，人猿同源的学说，大约可以毫无疑义了。但我不懂，何以从前的古猴子，不都努力变人，却到现在还留着子孙，变把戏给人看。还是那时竟没有一匹想站起来学说人话呢？还是虽然有了几匹，却终被猴子社会攻击他标新立异，都咬死了；所以终于不能进化呢？

尼采式的超人，虽然太觉渺茫，但就世界现有人种的事实看来，却可以确信将来总有尤为高尚尤近圆满的人类出现。到那时候，类人猿上面，怕要添出"类猿人"这一个名词。

所以我时常害怕，愿中国青年都摆脱冷气，只是向上走，不必听自暴自弃者流的话。能做事的做事，能发声的发声。有一分热，发一分光，就令萤火一般，也可以在黑暗里发一点光，不必等候炬火。

此后如竟没有炬火：我便是唯一的光。倘若有了炬火，出了太阳，我们自然心悦诚服的消失，不但毫无不平，而且还要随喜赞美这炬火或太阳；因为他照了人类，连我都在内。

我又愿中国青年都只是向上走，不必理会这冷笑和暗箭。尼采说：

"真的，人是一个浊流。应该是海了，能容这浊流使他干净。
"咄，我教你们超人：这便是海，在他这里，能容下你们的大侮蔑。"（《札拉图如是说》的《序言》第三节）

纵令不过一洼浅水，也可以学学大海；横竖都是水，可以相通。几粒石子，任他们暗地里掷来；几滴秽水，任他们从背后泼来就是了。

这还算不到"大侮蔑"——因为大侮蔑也须有胆力。

题注:

本篇最初发表于 1919 年 1 月 15 日《新青年》第六卷第一号,署名唐俟。收入《热风》。1918 年 8 月 15 日《新青年》第五卷第二号刊载任鸿隽致胡适信,其中说:"《新青年》一面讲改良文学,一面讲废灭汉文,是否自相矛盾?……我们四川有句俗语说,'你要没有事做,不如洗煤炭去罢。'"本篇即针对任鸿隽的议论。文中所引尼采的话,译文与后来鲁迅译出发表在 1920 年 6 月 1 日《新潮》第二卷第五号上的《察拉图斯忒拉的序言》的译法稍有不同。

随感录四十八

中国人对于异族，历来只有两样称呼：一样是禽兽，一样是圣上。从没有称他朋友，说他也同我们一样的。

古书里的弱水，竟是骗了我们：闻所未闻的外国人到了；交手几回，渐知道"子曰诗云"似乎无用，于是乎要维新。

维新以后，中国富强了，用这学来的新，打出外来的新，关上大门，再来守旧。

可惜维新单是皮毛，关门也不过一梦。外国的新事理，却愈来愈多，愈优胜，"子曰诗云"也愈挤愈苦，愈看愈无用。于是从那两样旧称呼以外，别想了一样新号："西哲"，或曰"西儒"。

他们的称号虽然新了，我们的意见却照旧。因为"西哲"的本领虽然要学，"子曰诗云"也更要昌明。换几句话，便是学了外国本领，保存中国旧习。本领要新，思想要旧。要新本领旧思想的新人物，驮了旧本领旧思想的旧人物，请他发挥多年经验的老本领。一言以蔽之：前几年谓之"中学为体，西学为用"，这几年谓之"因时制宜，折衷至当"。

其实世界上决没有这样如意的事。即使一头牛，连生命都牺牲了，尚且祀了孔便不能耕田，吃了肉便不能搾乳。何况一个人先须自己活着，又要驼了前辈先生活着；活着的时候，又须恭听前辈先生的折衷：早上打拱，晚上握手；上午"声光化电"，下午"子曰诗云"呢？

社会上最迷信鬼神的人，尚且只能在赛会这一日抬一回神舆。不知那些学"声光化电"的"新进英贤"，能否驼着山野隐逸，海滨遗老，折衷一世？

"西哲"易卜生盖以为不能，以为不可。所以借了 Brand 的嘴说："All or nothing！"

题注：

本篇最初发表于 1919 年 12 月 15 日《新青年》第六卷第二号，目录署名唐俟，正文末署名俟。文中提及的"Brand"，勃兰特，挪威剧作家易卜生的诗剧《勃兰特》中的人物。英语"All or nothing"意译为：不能完全，宁可没有。鲁迅在这篇文章中指出，对西方文明，守旧派抱着"本领要新，思想要旧"的折中态度，这是行不通的。

随感录四十九

凡有高等动物，倘没有遇着意外的变故，总是从幼到壮，从壮到老，从老到死。

我们从幼到壮，既然毫不为奇的过去了；自此以后，自然也该毫不为奇的过去。

可惜有一种人，从幼到壮，居然也毫不为奇的过去了；从壮到老，便有点古怪；从老到死，却更奇想天开，要占尽了少年的道路，吸尽了少年的空气。

少年在这时候，只能先行萎黄，且待将来老了，神经血管一切变质以后，再来活动。所以社会上的状态，先是"少年老成"；直待弯腰曲背时期，才更加"逸兴遄飞"，似乎从此以后，才上了做人的路。

可是究竟也不能自忘其老；所以想求神仙。大约别的都可以老，只有自己不肯老的人物，总该推中国老先生算一甲一名。

万一当真成了神仙，那便永远请他主持，不必再有后进，原也是极好的事。可惜他又究竟不成，终于个个死去，只留下造成的老天地，教少年驮着吃苦。

这真是生物界的怪现象！

我想种族的延长，——便是生命的连续，——的确是生物界事业里的一大部分。何以要延长呢？不消说是想进化了。但进化的途中总须新陈代谢。所以新的应该欢天喜地的向前走去，这便是壮，旧的也应该欢天喜地的向前走去，这便是死；各各如此走去，便是进化的路。

老的让开道，催促着，奖励着，让他们走去。路上有深渊，便用那个死填平了，让他们走去。

少的感谢他们填了深渊，给自己走去；老的也感谢他们从我填平的深渊上走去。——远了远了。

明白这事，便从幼到壮到老到死，都欢欢喜喜的过去；而且一步一步，多是超过祖先的新人。

这是生物界正当开阔的路！人类的祖先，都已这样做了。

题注：

本篇最初发表于 1919 年 2 月 15 日《新青年》第六卷第二号，目录署名唐俟，正文末署名俟。收入《热风》。鲁迅早年在思想上深受达尔文进化论思想的影响。本文用进化论的观点，阐明只有老的、旧的让道给少年，社会才能发展前进。

随感录

近日看到几篇某国志士做的说被异族虐待的文章，突然记起了自己从前的事情。

那时候不知道因为境遇和时势或年龄的关系呢，还是别的原因，总最愿听世上爱国者的声音，以及探究他们国里的情状。波兰印度，文籍较多；中国人说起他的也最多；我也留心最早，却很替他们抱着希望。其时中国才征新军，在路上时常遇着几个军士，一面走，一面唱道："印度波兰马牛奴隶性，……"我便觉得脸上和耳轮同时发热，背上渗出了许多汗。

那时候又有一种偏见，只要皮肤黄色的，便又特别关心：现在的某国，当时还没有亡；所以我最注意的是芬阑斐律宾越南的事，以及匈牙利的旧事。匈牙利和芬阑文人最多，声音也最大；斐律宾只得了一本烈赛尔的小说；越南搜不到文学上的作品，单见过一种他们自己做的亡国史。

听这几国人的声音，自然都是真挚壮烈悲凉的；但又有一些区别：一种是希望着光明的将来，讴歌那簇新的复活，真如时雨灌在新苗上一般，可以兴起人无限清新的生意。一种是絮絮叨叨叙述些过去的荣华，皇帝百官如何安富尊贵，小民如何不识不知；末后便痛斥那征服者不行仁政。譬如两个病人，一个是热望那将来的健康，一个是梦想着从前的耽乐，而这些耽乐又大抵便是他致病的原因。

我因此以为世上固多爱国者，但也羼着些爱亡国者。爱国者虽偶然怀旧，却专重在现世以及将来。爱亡国者便只是悲叹那过去，而且称赞着所以亡的病根。其实被征服的苦痛，何止在征服者的不行仁政，和旧制度的不能保存呢？倘以为这是大苦，便未必是真心领得；不能真心领得苦痛，也便难有新生的希望。

题注：

本篇初未发表，写作时间当在 1918 年 4 月至 1919 年 4 月间。初未收集。历史上被压迫民族对待亡国的看法并不相同，因而也就有着两种不同的爱国者。一种如朝鲜（即本文开头提及的"某国"）等国的人每当说起时都真挚壮烈悲凉，"专重在现世以及将来"。还有一种则少有自觉的反省，"不能真心领得苦痛"，清末流行的军歌和文人诗作中即常有这样的内容，如张之洞所作《军歌》："请看印度国土并非小，为奴为马不得脱笼牢。"另有《学堂歌》："波兰灭，印度亡，犹太遗民散四方。"作者读了报载的谈被异族虐待的文章，有感而发，遂作本文。

随感录五十八　人心很古

慷慨激昂的人说，"世道浇漓，人心不古，国粹将亡，此吾所为仰天扼腕切齿三叹息者也！"

我初听这话，也曾大吃一惊；后来翻翻旧书，偶然看见《史记》《赵世家》里面记着公子成反对主父改胡服的一段话：

> "臣闻中国者，盖聪明徇智之所居也，万物财用之所聚也，贤圣之所教也，仁义之所施也，《诗》《书》礼乐之所用也，异敏技能之所试也，远方之所观赴也，蛮夷之所义行也；今王舍此而袭远方之服，变古之教，易古之道，逆人之心，而怫学者，离中国，故臣愿王图之也。"

这不是与现在阻抑革新的人的话，丝毫无异么？后来又在《北史》里看见记周静帝的司马后的话：

> "后性尤妒忌，后宫莫敢进御。尉迟迥女孙有美色，先在宫中，帝于仁寿宫见而悦之，因得幸。后伺帝听朝，阴杀之。上大

怒，单骑从苑中出，不由径路，入山谷间三十余里；高颎杨素等追及，扣马谏，帝太息曰，'吾贵为天子，不得自由。'"

这又不是与现在信口主张自由和反对自由的人，对于自由所下的解释，丝毫无异么？别的例证，想必还多，我见闻狭隘，不能多举了。但即此看来，已可见虽然经过了这许多年，意见还是一样。现在的人心，实在古得很呢。

中国人倘能努力再古一点，也未必不能有古到三皇五帝以前的希望，可惜时时遇着新潮流新空气激荡着，没有工夫了。

在现存的旧民族中，最合中国式理想的，总要推锡兰岛的 Vedda 族。他们和外界毫无交涉，也不受别民族的影响，还是原始的状态，真不愧所谓"羲皇上人"。

但听说他们人口年年减少，现在快要没有了：这实在是一件万分可惜的事。

题注：

本篇最初发表于 1919 年 5 月 15 日《新青年》第六卷第五号，署名唐俟。收入《热风》。五四新文化运动猛烈冲击着封建旧文化、旧道德，也引起守旧派的哀叹。鲁迅援引《史记·赵世家》中公子成反对他父亲军事改革的一段话，指出阻碍革新者都喜欢感慨"世道浇漓，人心不古"。

随感录五十九 "圣武"

我前回已经说过"什么主义都与中国无干"的话了；今天忽然又有些意见，便再写在下面：

我想，我们中国本不是发生新主义的地方，也没有容纳新主义的处所，即使偶然有些外来思想，也立刻变了颜色，而且许多论者反要以此自豪。我们只要留心译本上的序跋，以及各样对于外国事情的批评议论，便能发见我们和别人的思想中间，的确还隔着几重铁壁。他们是说家庭问题的，我们却以为他鼓吹打仗；他们是写社会缺点的，我们却说他讲笑话；他们以为好的，我们说来却是坏的。若再留心看看别国的国民性格，国民文学，再翻一本文人的评传，便更能明白别国著作里写出的性情，作者的思想，几乎全不是中国所有。所以不会了解，不会同情，不会感应；甚至彼我间的是非爱憎，也免不了得到一个相反的结果。

新主义宣传者是放火人么，也须别人有精神的燃料，才会着火；是弹琴人么，别人的心上也须有弦索，才会出声；是发声器么，别人也必须是发声器，才会共鸣。中国人都有些不很像，所以不会相干。

几位读者怕要生气，说，"中国时常有将性命去殉他主义的人，中华民国以来，也因为主义上死了多少烈士，你何以一笔抹杀？吓！"这话也是真的。我们从旧的外来思想说罢，六朝的确有许多焚身的和尚，唐朝也有过砍下臂膊布施无赖的和尚；从新的说罢，自然也有过几个人的。然而与中国历史，仍不相干。因为历史的结帐，不能像数学一般精密，写下许多小数，却只能学粗人算帐的四舍五入法门，记一笔整数。

中国历史的整数里面，实在没有什么思想主义在内。这整数只是两种物质，——是刀与火，"来了"便是他的总名。

火从北来便逃向南，刀从前来便退向后，一大堆流水帐簿，只有这一个模型。倘嫌"来了"的名称不很庄严，"刀与火"也触目，我们也可以别想花样，奉献一个谥法，称作"圣武"，便好看了。

古时候，秦始皇帝很阔气，刘邦和项羽都看见了；邦说，"嗟乎！大丈夫当如此也！"羽说，"彼可取而代也！"羽要"取"什么呢？便是取邦所说的"如此"。"如此"的程度，虽有不同，可是谁也想取；被取的是"彼"，取的是"丈夫"。所有"彼"与"丈夫"的心中，便都是这"圣武"的产生所，受纳所。

何谓"如此"？说起来话长；简单地说，便只是纯粹兽性方面的欲望的满足——威福，子女，玉帛，——罢了。然而在一切大小丈夫，却要算最高理想（？）了。我怕现在的人，还被这理想支配着。

大丈夫"如此"之后，欲望没有衰，身体却疲敝了；而且觉得暗中有一个黑影——死——到了身边了。于是无法，只好求神仙。这在中国，也要算最高理想了。我怕现在的人，也还被这理想支配着。

求了一通神仙，终于没有见，忽然有些疑惑了。于是要造坟，来保存死尸，想用自己的尸体，永远占据着一块地面。这在中国，也要算一种没奈何的最高理想了。我怕现在的人，也还被这理想支配着。

现在的外来思想，无论如何，总不免有些自由平等的气息，互助共存的气息，在我们这单有"我"，单想"取彼"，单要由我喝尽了一切空间时间的酒的思想界上，实没有插足的余地。

因此，只须防那"来了"便够了。看看别国，抗拒这"来了"的便是有主义的人民。他们因为所信的主义，牺牲了别的一切，用骨肉碰钝了锋刃，血液浇灭了烟焰。在刀光火色衰微中，看出一种薄明的天色，便是新世纪的曙光。

曙光在头上，不抬起头，便永远只能看见物质的闪光。

题注：

本篇最初发表于 1919 年 5 月 15 日《新青年》第六卷第五号，署名唐俟。收入《热风》。本文内容系《随感录五十六 "来了"》的接续。五四时期包括马克思主义等各种主义、思想涌入中国，引起执政者及部分知识分子的恐慌。鲁迅在这篇文章中却认为"现在的外来思想，无论如何，总不免有些自由平等的气息，互助共存的气息"，只是中国"没有容纳新主义的处所"。

随感录六十三 "与幼者"

做了《我们现在怎样做父亲》的后两日，在有岛武郎《著作集》里看到《与幼者》这一篇小说，觉得很有许多好的话。

"时间不住的移过去。你们的父亲的我，到那时候，怎样映在你们（眼）里，那是不能想像的了。大约像我在现在，嗤笑可怜那过去的时代一般，你们也要嗤笑可怜我的古老的心思，也未可知的。我为你们计，但愿这样子。你们若不是毫不客气的拿我做一个踏脚，超越了我，向着高的远的地方进去，那便是错的。

"人间很寂寞。我单能这样说了就算么？你们和我，像尝过血的兽一样，尝过爱了。去罢，为要将我的周围从寂寞中救出，竭力做事罢。我爱过你们，而且永远爱着。这并不是说，要从你们受父亲的报酬，我对于'教我学会了爱你们的你们'的要求，只是受取我的感谢罢了……像吃尽了亲的死尸，贮着力量的小狮子一样，刚强勇猛，舍我，踏到人生上去就是了。

"我的一生就令怎样失败，怎样胜不了诱惑；但无论如何，使你们从我的足迹上寻不出不纯的东西的事，是要做的，是一定做的。你们该从我的倒毙的所在，跨出新的脚步去。但那里走，怎样走的事，你们也可以从我的足迹上探索出来。

"幼者呵！将又不幸又幸福的你们的父母的祝福，浸在胸中，上人生的旅路罢。前途很远，也很暗。然而不要怕。不怕的人的面前才有路。

"走罢！勇猛着！幼者呵！"

有岛氏是白桦派，是一个觉醒的，所以有这等话；但里面也免不了带些眷恋凄怆的气息。

这也是时代的关系。将来便不特没有解放的话，并且不起解放的心，更没有什么眷恋和凄怆；只有爱依然存在。——但是对于一切幼者的爱。

题注：

本篇最初发表于 1919 年 11 月 1 日《新青年》第六卷第六号，署名唐俟。收入《热风》。鲁迅写完《我们现在怎样做父亲》后，读到日本著名白桦派小说家有岛武郎的小说《与幼者》，发生共鸣和联想而写下这篇随感。白桦派是近代日本的一个文学派别，标榜新理想主义和人道主义，有岛武郎（1878—1923）是其重要成员，他的《与幼者》一篇，鲁迅译为中文，题为《与幼小者》，收入 1923 年商务印书馆出版的《现代日本小说集》。

随感录六十六　生命的路

想到人类的灭亡是一件大寂寞大悲哀的事；然而若干人们的灭亡，却并非寂寞悲哀的事。

生命的路是进步的，总是沿着无限的精神三角形的斜面向上走，什么都阻止他不得。

自然赋与人们的不调和还很多，人们自己萎缩堕落退步的也还很多，然而生命决不因此回头。无论什么黑暗来防范思潮，什么悲惨来袭击社会，什么罪恶来亵渎人道，人类的渴仰完全的潜力，总是踏了这些铁蒺藜向前进。

生命不怕死，在死的面前笑着跳着，跨过了灭亡的人们向前进。

什么是路？就是从没路的地方践踏出来的，从只有荆棘的地方开辟出来的。

以前早有路了，以后也该永远有路。

人类总不会寂寞，因为生命是进步的，是乐天的。

昨天，我对我的朋友 L 说，"一个人死了，在死者自身和他的眷属是悲惨的事，但在一村一镇的人看起来不算什么；就是一省一国一种……"

L 很不高兴，说，"这是 Natur（自然）的话，不是人们的话。你应该小心些。"

我想，他的话也不错。

题注：

本篇最初发表于 1919 年 11 月 1 日《新青年》第六卷第六号，署名唐俟。收入《热风》。本文体现出鲁迅的进化论思想。文中的"L"，最初发表时这句原话为"我的朋友鲁迅说"，下文"L 很不高兴"，也作"鲁迅很不高兴"。

题《中国小说史略》赠川岛

请你

从"情人的拥抱里"

暂时汇出一只手来

接收这干燥无味的

中国小说史略

我所敬爱的

一撮毛哥哥呀!

鲁迅（印）

二三，十二，十三。

题注：

    本篇据手稿编入，题于 1923 年 12 月 23 日。原题在赠好友川岛的《中国小说史略》上卷扉页。初未收集。

娜拉走后怎样

——一九二三年十二月二十六日在
北京女子高等师范学校文艺会讲

我今天要讲的是"娜拉走后怎样?"

伊孛生是十九世纪后半的瑙威的一个文人。他的著作,除了几十首诗之外,其余都是剧本。这些剧本里面,有一时期是大抵含有社会问题的,世间也称作"社会剧",其中有一篇就是《娜拉》。

《娜拉》一名 Ein Puppenheim,中国译作《傀儡家庭》。但 Puppe 不单是牵线的傀儡,孩子抱着玩的人形也是;引申开去,别人怎么指挥,他便怎么做的人也是。娜拉当初是满足地生活在所谓幸福的家庭里的,但是她竟觉悟了:自己是丈夫的傀儡,孩子们又是她的傀儡。她于是走了,只听得关门声,接着就是闭幕。这想来大家都知道,不必细说了。

娜拉要怎样才不走呢?或者说伊孛生自己有解答,就是 Die Frau vom Meer,《海的女人》,中国有人译作《海上夫人》的。这女人是已经结婚的了,然而先前有一个爱人在海的彼岸,一日突然寻来,叫她一同去。她便告知她的丈夫,要和那外来人会面。临末,她的丈夫说,"现在放你完全自由。(走与不走)你能够自己选择,并且还要自己负责任。"于是什么事全都改变,她就不走了。这样看来,娜拉倘也得到这样的自由，或者也便可以安住。

但娜拉毕竟是走了的。走了以后怎样？伊孛生并无解答；而且他已经死了。即使不死，他也不负解答的责任。因为伊孛生是在做诗，不是为社会提出问题来而且代为解答。就如黄莺一样，因为他自己要歌唱，所以他歌唱，并不是要唱给人们听得有趣，有益。伊孛生是很不通世故的，相传在许多妇女们一同招待他的筵宴上，代表者起来致谢他作了《傀儡家庭》，将女性的自觉，解放这些事，给人心以新的启示的时候，他却答道，"我写那篇却并不是这意思，我不过是做诗。"

娜拉走后怎样？——别人可是也发表过意见的。一个英国人曾作一篇戏剧，说一个新式的女子走出家庭，再也没有路走，终于堕落，进了妓院了。还有一个中国人，——我称他什么呢？上海的文学家罢，——说他所见的《娜拉》是和现译本不同，娜拉终于回来了。这样的本子可惜没有第二人看见，除非是伊孛生自己寄给他的。但从事理上推想起来，娜拉或者也实在只有两条路：不是堕落，就是回来。因为如果是一匹小鸟，则笼子里固然不自由，而一出笼门，外面便又有鹰，有猫，以及别的什么东西之类；倘使已经关得麻痹了翅子，忘却了飞翔，也诚然是无路可以走。还有一条，就是饿死了，但饿死已经离开了生活，更无所谓问题，所以也不是什么路。

人生最苦痛的是梦醒了无路可以走。做梦的人是幸福的；倘没有看出可走的路，最要紧的是不要去惊醒他。你看，唐朝的诗人李贺，不是困顿了一世的么？而他临死的时候，却对他的母亲说，"阿妈，上帝造成了白玉楼，叫我做文章落成去了。"这岂非明明是一个诳，一个梦？然而一个小的和一个老的，一个死的和一个活的，死的高兴地死去，活的放心地活着。说诳和做梦，在这些时候便见得伟大。所以我想，假使寻不出路，我们所要的倒是梦。

但是，万不可做将来的梦。阿尔志跋绥夫曾经借了他所做的小说，质问过梦想将来的黄金世界的理想家，因为要造那世界，先唤起许多人们来受苦。他说，"你们将黄金世界预约给他们的子孙了，可是有什么给他们自己呢？"有是有的，就是将来的希望。但代价也太大了，为了这希望，要使人练敏了感觉来更深切地感到自己的苦痛，叫起灵魂来目睹他自己的腐烂的尸骸。惟有说诳和做梦，这些时候便见得伟大。所以我想，假使寻不出路，我们所要的就是梦；但不要将来的梦，只要目前的梦。

　　然而娜拉既然醒了，是很不容易回到梦境的，因此只得走；可是走了以后，有时却也免不掉堕落或回来。否则，就得问：她除了觉醒的心以外，还带了什么去？倘只有一条像诸君一样的紫红的绒绳的围巾，那可是无论宽到二尺或三尺，也完全是不中用。她还须更富有，提包里有准备，直白地说，就是要有钱。

　　梦是好的；否则，钱是要紧的。

　　钱这个字很难听，或者要被高尚的君子们所非笑，但我总觉得人们的议论是不但昨天和今天，即使饭前和饭后，也往往有些差别。凡承认饭需钱买，而以说钱为卑鄙者，倘能按一按他的胃，那里面怕总还有鱼肉没有消化完，须得饿他一天之后，再来听他发议论。

　　所以为娜拉计，钱，——高雅的说罢，就是经济，是最要紧的了。自由固不是钱所能买到的，但能够为钱而卖掉。人类有一个大缺点，就是常常要饥饿。为补救这缺点起见，为准备不做傀儡起见，在目下的社会里，经济权就见得最要紧了。第一，在家应该先获得男女平均的分配；第二，在社会应该获得男女相等的势力。可惜我不知道这权柄如何取得，单知道仍然要战斗；或者也许比要求参政权更要用剧烈的战斗。

要求经济权固然是很平凡的事，然而也许比要求高尚的参政权以及博大的女子解放之类更烦难。天下事尽有小作为比大作为更烦难的。譬如现在似的冬天，我们只有这一件棉袄，然而必须救助一个将要冻死的苦人，否则便须坐在菩提树下冥想普度一切人类的方法去。普度人类和救活一人，大小实在相去太远了，然而倘叫我挑选，我就立刻到菩提树下去坐着，因为免得脱下唯一的棉袄来冻杀自己。所以在家里说要参政权，是不至于大遭反对的，一说到经济的平匀分配，或不免面前就遇见敌人，这就当然要有剧烈的战斗。

战斗不算好事情，我们也不能责成人人都是战士，那么，平和的方法也就可贵了，这就是将来利用了亲权来解放自己的子女。中国的亲权是无上的，那时候，就可以将财产平匀地分配子女们，使他们平和而没有冲突地都得到相等的经济权，此后或者去读书，或者去生发，或者为自己去享用，或者为社会去做事，或者去花完，都请便，自己负责任。这虽然也是颇远的梦，可是比黄金世界的梦近得不少了。但第一需要记性。记性不佳，是有益于己而有害于子孙的。人们因为能忘却，所以自己能渐渐地脱离了受过的苦痛，也因为能忘却，所以往往照样地再犯前人的错误。被虐待的儿媳做了婆婆，仍然虐待儿媳；嫌恶学生的官吏，每是先前痛骂官吏的学生；现在压迫子女的，有时也就是十年前的家庭革命者。这也许与年龄和地位都有关系罢，但记性不佳也是一个很大的原因。救济法就是各人去买一本 note-book 来，将自己现在的思想举动都记上，作为将来年龄和地位都改变了之后的参考。假如憎恶孩子要到公园去的时候，取来一翻，看见上面有一条道，"我想到中央公园去"，那就即刻心平气和了。别的事也一样。

世间有一种无赖精神，那要义就是韧性。听说拳匪乱后，天津的青皮，就是所谓无赖者很跋扈，譬如给人搬一件行李，他就要两元，对他说这行李小，他说要两元，对他说道路近，他说要两元，对他说不要搬了，他说也仍然要两元。青皮固然是不足为法的，而那韧性却大可以佩服。要求经济权也一样，有人说这事情太陈腐了，就答道要经济权；说是太卑鄙了，就答道要经济权；说是经济制度就要改变了，用不着再操心，也仍然答道要经济权。

其实，在现在，一个娜拉的出走，或者也许不至于感到困难的，因为这人物很特别，举动也新鲜，能得到若干人们的同情，帮助着生活。生活在人们的同情之下，已经是不自由了，然而倘有一百个娜拉出走，便连同情也减少，有一千一万个出走，就得到厌恶了，断不如自己握着经济权之为可靠。

在经济方面得到自由，就不是傀儡了么？也还是傀儡。无非被人所牵的事可以减少，而自己能牵的傀儡可以增多罢了。因为在现在的社会里，不但女人常作男人的傀儡，就是男人和男人，女人和女人，也相互地作傀儡，男人也常作女人的傀儡，这决不是几个女人取得经济权所能救的。但人不能饿着静候理想世界的到来，至少也得留一点残喘，正如涸辙之鲋，急谋升斗之水一样，就要这较为切近的经济权，一面再想别的法。

如果经济制度竟改革了，那上文当然完全是废话。

然而上文，是又将娜拉当作一个普通的人物而说的，假使她很特别，自己情愿闯出去做牺牲，那就又另是一回事。我们无权去劝诱人做牺牲，也无权去阻止人做牺牲。况且世上也尽有乐于牺牲，乐于受苦的人物。欧洲有一个传说，耶稣去钉十字架时，休息在 Ahasvar 的檐下，Ahasvar 不准他，于是被了咒诅，使他永世不得休息，直到末日裁判的时候。Ahasvar 从此就歇不下，只是走，现在还在走。走是苦的，安息是乐的，他何以不安息呢？虽说背着咒诅，可是大约总该是觉得走比安息还适意，所以始终狂走的罢。

只是这牺牲的适意是属于自己的，与志士们之所谓为社会者无涉。群众，——尤其是中国的，——永远是戏剧的看客。牺牲上场，如果显得慨慷，他们就看了悲壮剧；如果显得觳觫，他们就看了滑稽剧。北京的羊肉铺前常有几个人张着嘴看剥羊，仿佛颇愉快，人的牺牲能给与他们的益处，也不过如此。而况事后走不几步，他们并这一点愉快也就忘却了。

对于这样的群众没有法，只好使他们无戏可看倒是疗救，正无需乎震骇一时的牺牲，不如深沉的韧性的战斗。

可惜中国太难改变了，即使搬动一张桌子，改装一个火炉，几乎也要血；而且即使有了血，也未必一定能搬动，能改装。不是很大的鞭子打在背上，中国自己是不肯动弹的。我想这鞭子总要来，好坏是别一问题，然而总要打到的。但是从那里来，怎么地来，我也不能确切地知道。

我这讲演也就此完结了。

题注：

本篇最初发表于 1924 年北京女子高等师范学校《文艺会刊》第六期，后经鲁迅校正，转载在 1924 年 8 月 1 日上海《妇女杂志》第十卷第八号，署"鲁迅讲演，陆学仁、何肇葆笔记"。收入《坟》。本文是现存的鲁迅第一篇讲演稿。1923 年 5 月北京女子高等师范学校公演了挪威剧作家易卜生的剧本《傀儡家庭》（通译《玩偶之家》），引起社会对妇女解放问题的关注。 1923 年 12 月 26 日，女高师文艺会特邀鲁迅在该校礼堂演讲。鲁迅日记载："夜……往女子师校文艺会讲演，半小时毕。"鲁迅在演讲中尖锐地指出，社会问题不解决，娜拉走出家庭以后，"实在只有两条路：不是堕落，就是回来"。虽然经济权不是全部，但在经济制度改革前，毕竟比较切近。

记 "杨树达" 君的袭来

今天早晨，其实时候是大约已经不早了。我还睡着，女工将我叫了醒来，说："有一个师范大学的杨先生，杨树达，要来见你。"我虽然还不大清醒，但立刻知道是杨遇夫君，他名树达，曾经因为邀我讲书的事，访过我一次的。我一面起来，一面对女工说："略等一等，就请罢。"

我起来看钟，是九点二十分。女工也就请客去了。不久，他就进来，但我一看很愕然，因为他并非我所熟识的杨树达君，他是一个方脸，淡赭色脸皮，大眼睛长眼梢，中等身材的二十多岁的学生风的青年。他穿着一件藏青色的爱国布（？）长衫，时式的大袖子。手上拿一顶很新的淡灰色中折帽，白的围带；还有一个采色铅笔的扁匣，但听那摇动的声音，里面最多不过是两三支很短的铅笔。

"你是谁？"我诧异的问，疑心先前听错了。

"我就是杨树达。"

我想：原来是一个和教员的姓名完全相同的学生，但也许写法并不一样。

"现在是上课时间，你怎么出来的？"

"我不乐意上课！"

我想：原来是一个孤行己意，随随便便的青年，怪不得他模样如此傲慢。

"你们明天放假罢……"

"没有，为什么？"

"我这里可是有通知的，……"我一面说，一面想，他连自己学校里的纪念日都不知道了，可见是已经多天没有上课，或者也许不过是一个假借自由的美名的游荡者罢。

"拿通知给我看。"

"我团掉了。"我说。

"拿团掉的我看。"

"拿出去了。"

"谁拿出去的？"

我想：这奇怪，怎么态度如此无礼？然而他似乎是山东口音，那边的人多是率直的，况且年青的人思想简单，……或者他知道我不拘这些礼节：这不足为奇。

"你是我的学生么？"但我终于疑惑了。

"哈哈哈，怎么不是。"

"那么，你今天来找我干什么？"

"要钱呀，要钱！"

我想：那么，他简直是游荡者，荡窘了，各处乱钻。

"你要钱什么用？"我问。

"穷呀。要吃饭不是总要钱吗？我没有饭吃了！"他手舞足蹈起来。

"你怎么问我来要钱呢？"

"因为你有钱呀。你教书，做文章，送来的钱多得很。"他说着，脸上做出凶相，手在身上乱摸。

我想：这少年大约在报章上看了些什么上海的恐吓团的记事，竟模仿起来了，还是防着点罢。我就将我的坐位略略移动，预备容易取得抵抗的武器。

"钱是没有。"我决定的说。

"说谎！哈哈哈，你钱多得很。"

女工端进一杯茶来。

"他不是很有钱么？"这少年便问她，指着我。

女工很惶窘了，但终于很怕的回答："没有。"

"哈哈哈，你也说谎！"

女工逃出去了。他换了一个坐位，指着茶的热气，说：

"多么凉。"

我想：这意思大概算是讥刺我，犹言不肯将钱助人，是凉血动物。

"拿钱来！"他忽而发出大声，手脚也愈加舞蹈起来，"不给钱是不走的！"

"没有钱。"我仍然照先的说。

"没有钱？你怎么吃饭？我也要吃饭。哈哈哈哈。"

"我有我吃饭的钱，没有给你的钱。你自己挣去。"

"我的小说卖不出去。哈哈哈！"

我想：他或者投了几回稿，没有登出，气昏了。然而为什么向我为难呢？大概是反对我的作风的。或者是有些神经病的罢。

"你要做就做，要不做就不做，一做就登出，送许多钱，还说没有，哈哈哈哈。晨报馆的钱已经送来了罢，哈哈哈。什么东西！

周作人，钱玄同；周树人就是鲁迅，做小说的，对不对？孙伏园；马裕藻就是马幼渔，对不对？陈通伯，郁达夫。什么东西！Tolstoi，Andreev，张三，什么东西！哈哈哈，冯玉祥，吴佩孚，哈哈哈。"

"你是为了我不再向晨报馆投稿的事而来的么？"但我又即刻觉到我的推测有些不确了，因为我没有见过杨遇夫马幼渔在《晨报副镌》上做过文章，不至于拉在一起；况且我的译稿的稿费至今还没有着落，他该不至于来说反话的。

"不给钱是不走的。什么东西，还要找！还要找陈通伯去。我就要找你的兄弟去，找周作人去，找你的哥哥去。"

我想：他连我的兄弟哥哥都要找遍，大有恢复灭族法之意了，的确古人的凶心都遗传在现在的青年中。我同时又觉得这意思有些可笑，就自己微笑起来。

"你不舒服罢？"他忽然问。

"是的，有些不舒服，但是因为你骂得不中肯。"

"我朝南。"他又忽而站起来，向后窗立着说。

我想：这不知道是什么意思。

他忽而在我的床上躺下了。我拉开窗幔，使我的佳客的脸显得清楚些，以便格外看见他的笑貌。他果然有所动作了，是使他自己的眼角和嘴角都颤抖起来，以显示凶相和疯相，但每一抖都很费力，所以不到十抖，脸上也就平静了。

我想：这近于疯人的神经性痉挛，然而颤动何以如此不调匀，牵连的范围又何以如此之大，并且很不自然呢？——一定，他是装出来的。

我对于这杨树达君的纳罕和相当的尊重，忽然都消失了，接着就涌起要呕吐和沾了醒龊东西似的感情来。原来我先前的推测，都太近于理想的了。初见时我以为简率的口调，他的意思不过是装疯，以热茶为冷，以北为南的话，也不过是装疯。从他的言语举动综合起来，其本意无非是用了无赖和狂人的混合状态，先向我加以侮辱和恫吓，希图由此传到别个，使我和他所提出的人们都不敢再做辩论或别样的文章。而万一自己遇到困难的时候，则就用"神经病"这一个盾牌来减轻自己的责任。但当时不知怎样，我对于他装疯技术的拙劣，就是其拙至于使我在先觉不出他是疯人，后来渐渐觉到有些疯意，而又立刻露出破绽的事，尤其抱着特别的反感了。

他躺着唱起歌来。但我于他已经毫不感到兴味，一面想，自己竟受了这样浅薄卑劣的欺骗了，一面却照了他的歌调吹着口笛，借此嘘出我心中的厌恶来。

"哈哈哈！"他翘起一足，指着自己鞋尖大笑。那是玄色的深梁的布鞋，裤是西式的，全体是一个时髦的学生。

我知道，他是在嘲笑我的鞋尖已破，但已经毫不感到什么兴味了。

他忽而起来，走出房外去，两面一看，极灵敏地找着了厕所，小解了。我跟在他后面，也陪着他小解了。

我们仍然回到房里。

"吓！什么东西！……"他又要开始。

我可是有些不耐烦了，但仍然恳切地对他说：

"你可以停止了。我已经知道你的疯是装出来的。你此来也另外还藏着别的意思。如果是人，见人就可以明白的说，无须装怪相。还是说真话罢，否则，白费许多工夫，毫无用处的。"

他貌如不听见，两手搂着裤裆，大约是扣扣子，眼睛却注视着壁上的一张水彩画。过了一会，就用第二个指头指着那画大笑：

"哈哈哈！"

这些单调的动作和照例的笑声，我本已早经觉得枯燥的了，况且是假装的，又如此拙劣，便愈加看得烦厌。他侧立在我的前面，我坐着，便用了曾被讥笑的破的鞋尖一触他的胫骨，说：

"已经知道是假的了，还装甚么呢？还不如直说出你的本意来。"

但他貌如不听见，徘徊之间，突然取了帽和铅笔匣，向外走去了。

这一着棋是又出于我的意外的，因为我还希望他是一个可以理喻，能知惭愧的青年。他身体很强壮，相貌很端正。Tolstoi 和 Andreev 的发音也还正。

我追到风门前，拉住他的手，说道，"何必就走，还是自己说出本意来罢，我可以更明白些……"他却一手乱摇，终于闭了眼睛，拼两手向我一挡，手掌很平的正对着我：他大概是懂得一点国粹的拳术的。

他又往外走。我一直送到大门口，仍然用前说去固留，而他推而且挣，终于挣出大门了。他在街上走得很傲然，而且从容地。

这样子，杨树达君就远了。

我回进来，才向女工问他进来时候的情形。

"他说了名字之后，我问他要名片，他在衣袋里掏了一会，说道，'阿，名片忘了，还是你去说一声罢。'笑嘻嘻，一点不像疯的。"女工说。

我愈觉得要呕吐了。

然而这手段却确乎使我受损了，——除了先前的侮辱和恫吓之外。我的女工从此就将门关起来，到晚上听得打门声，只大叫是谁，却不出去，总须我自己去开门。我写完这篇文字之间，就放下了四回笔。

"你不舒服罢？"杨树达君曾经这样问过我。

是的，我的确不舒服。我历来对于中国的情形，本来多已不舒服的了，但我还没有预料到学界或文界对于他的敌手竟至于用了疯子来做武器，而这疯子又是假的，而装这假疯子的又是青年的学生。

二四年十一月十三日夜。

题注：

本篇最初发表于《语丝》周刊第二期（1924年11月24日）。收入《集外集》。鲁迅日记载："上午有一少年约二十余岁，操山东音，托名闯入索钱，似狂似犷。意似在侮辱恫吓，使我不敢作文，良久察出其狂乃伪作，遂去。"本文即因此事而作。闯入鲁迅寓所的青年是北京师范大学学生杨鄂生。他因精神病发作，托名北师大国文系主任杨树达来鲁迅寓所骚扰。鲁迅因不认识杨树达，以为他是装疯讹诈，很是气愤，所以在文中作了揭露。杨树达，字遇夫，语言文字学家，曾留学日本，历任北京师范大学、清华大学等校教授。

关于杨君袭来事件的辩正

一

今天有几位同学极诚实地告诉我，说十三日访我的那一位学生确是神经错乱的，十三日是发病的一天，此后就加重起来了。我相信这是真实情形，因为我对于神经患者的初发状态没有实见和注意研究过，所以很容易有看错的时候。

现在我对于我那记事后半篇中神经过敏的推断这几段，应该注销。但以为那记事却还可以存在：这是意外地发露了人对人——至少是他对我和我对他——互相猜疑的真面目了。

当初，我确是不舒服，自己想，倘使他并非假装，我即不至于如此恶心。现在知道是真的了，却又觉得这牺牲实在太大，还不如假装的好。然而事实是事实，还有什么法子呢？我只能希望他从速回复健康。

十一月二十一日。

二

伏园兄:

今天接到一封信和一篇文稿,是杨君的朋友,也是我的学生做的,真挚而悲哀,使我看了很觉得惨然,自己感到太易于猜疑,太易于愤怒。他已经陷入这样的境地了,我还可以不赶紧来消除我那对于他的误解么?

所以我想,我前天交出的那一点辩正,似乎不够了,很想就将这一篇在《语丝》第三期上给他发表。但纸面有限,如果排工有工夫,我极希望增刊两板(大约此文两板还未必容得下),也不必增价,其责任即由我负担。

由我造出来的酸酒,当然应该由我自己来喝干。

鲁迅。十一月二十四日。

题注:

本篇最初发表于《语丝》周刊第三期(1924 年 12 月 1 日)。收入《集外集》。鲁迅《记"杨树达"君的袭来》一文发表后,北师大的几位同学证实,冒名杨树达的杨鄂生确是精神错乱。鲁迅于 11 月 21 日作了《关于杨君袭来事件的辩正(一)》。此后,鲁迅又读到李遇安给鲁迅的信和他所写的《读了"记'杨树达'君的袭来"》一稿(即本文所说的"一封信和一篇文稿"),又在 11 月 24 日作了"辩正(二)"。其后,这两篇辩正连同李遇安的文稿同时发表在《语丝》周刊第三期上。"辩正(一)"排在李文之前,"辩正(二)"排在李文之后。

战士和苍蝇

Schopenhauer 说过这样的话：要估定人的伟大，则精神上的大和体格上的大，那法则完全相反。后者距离愈远即愈小，前者却见得愈大。

正因为近则愈小，而且愈看见缺点和创伤，所以他就和我们一样，不是神道，不是妖怪，不是异兽。他仍然是人，不过如此。但也惟其如此，所以他是伟大的人。

战士战死了的时候，苍蝇们所首先发见的是他的缺点和伤痕，嘬着，营营地叫着，以为得意，以为比死了的战士更英雄。但是战士已经战死了，不再来挥去他们。于是乎苍蝇们即更其营营地叫，自以为倒是不朽的声音，因为它们的完全，远在战士之上。

的确的，谁也没有发见过苍蝇们的缺点和创伤。

然而，有缺点的战士终究是战士，完美的苍蝇也终竟不过是苍蝇。

去罢，苍蝇们！虽然生着翅子，还能营营，总不会超过战士的。你们这些虫豸们！

三月二十一日。

题注:

　　本篇最初发表于 1925 年 3 月 24 日北京《京报》附刊《民众文艺周刊》第十四号。收入《华盖集》。1925 年 3 月孙中山先生逝世后，各界同声哀悼。可是《晨报》《时事新报》连续发表文章，诬蔑攻击孙中山先生。如 3 月 13 日梁启超在《晨报》发表《孙文之价值——梁任公谈话》，说："孙中山联合段祺瑞等北洋军阀，为目的而不择手段"，"无从判断他的真价值"。本文是对这些诬蔑中伤之词的反击。在同年 4 月 3 日《京报副刊》发表的《这是这么一个意思》中，鲁迅曾有说明："其实我做那篇短文的本意，并不是说现在的文坛。所谓战士者，是指中山先生和民国元年前后殉国而反受奴才们讥笑糟蹋的先烈；苍蝇则当然是指奴才们。"

白事

　　本刊虽说经我"校阅"，但历来仅于听讲的同学和熟识的友人们的作品，时有商酌之处，余者但就笔误或别种原因，间或改换一二字而已。现又觉此种举动，亦属多事，所以不再通读，亦不更负"校阅"全部的责任。特此声明！

　　　　　　　　　　　　　　　　　　三月二十二日，鲁迅。

题注：

　　本篇最初发表于1925年3月24日北京《民众文艺周刊》第十四期。初未收集。《民众文艺周刊》创刊于1924年12月9日，为《京报》附刊之一，由荆有麟、胡也频等编辑。

通讯（复高歌）

高歌兄：

来信收到了。

你的消息，长虹告诉过我几句，大约四五句罢，但也可以说是知道大概了。

"以为自己抢人是好的，抢我就有点不乐意"，你以为这是变坏了的性质么？我想这是不好不坏，平平常常。所以你终于还不能证明自己是坏人。看看许多中国人罢，反对抢人，说自己愿意施舍；我们也毫不见他去抢，而他家里有许许多多别人的东西。

迅　四月二十三日

题注：

　　本篇最初发表于 1925 年 5 月 8 日河南开封《豫报副刊》。初未收集。高歌，山西人，狂飙社成员，鲁迅在北京世界语专门学校任教时的学生，时在河南开封编辑《豫报副刊》。

北京通信

蕴儒，培良两兄：

昨天收到两份《豫报》，使我非常快活，尤其是见了那《副刊》。因为它那蓬勃的朝气，实在是在我先前的豫想以上。你想：从有着很古的历史的中州，传来了青年的声音，仿佛在豫告这古国将要复活，这是一件如何可喜的事呢？

倘使我有这力量，我自然极愿意有所贡献于河南的青年。但不幸我竟力不从心，因为我自己也正站在歧路上，——或者，说得较有希望些：站在十字路口。站在歧路上是几乎难于举足，站在十字路口，是可走的道路很多。我自己，是什么也不怕的，生命是我自己的东西，所以我不妨大步走去，向着我自以为可以走去的路；即使前面是深渊，荆棘，狭谷，火坑，都由我自己负责。然而向青年说话可就难了，如果盲人瞎马，引入危途，我就该得谋杀许多人命的罪孽。

所以，我终于还不想劝青年一同走我所走的路；我们的年龄，境遇，都不相同，思想的归宿大概总不能一致的罢。但倘若一定要问我青年应当向怎样的目标，那么，我只可以说出我为别人设计的话，就是：一要生存，二要温饱，三要发展。有敢来阻碍这三事者，无论是谁，我们都反抗他，扑灭他！

可是还得附加几句话以免误解，就是：我之所谓生存，并不是苟活；所谓温饱，并不是奢侈；所谓发展，也不是放纵。

中国古来，一向是最注重于生存的，什么"知命者不立于岩墙之下"咧，什么"千金之子坐不垂堂"咧，什么"身体发肤受之父母不敢毁伤"咧，竟有父母愿意儿子吸鸦片的，一吸，他就不至于到外面去，有倾家荡产之虞了。可是这一流人家，家业也决不能长保，因为这是苟活。苟活就是活不下去的初步，所以到后来，他就活不下去了。意图生存，而太卑怯，结果就得死亡。以中国古训中教人苟活的格言如此之多，而中国人偏多死亡，外族偏多侵入，结果适得其反，可见我们蔑弃古训，是刻不容缓的了。这实在是无可奈何，因为我们要生活，而且不是苟活的缘故。

中国人虽然想了各种苟活的理想乡，可惜终于没有实现。但我却替他们发见了，你们大概知道的罢，就是北京的第一监狱。这监狱在宣武门外的空地里，不怕邻家的火灾；每日两餐，不虑冻馁；起居有定，不会伤生；构造坚固，不会倒塌；禁卒管着，不会再犯罪；强盗是决不会来抢的。住在里面，何等安全，真真是"千金之子坐不垂堂"了。但阙少的就有一件事：自由。

古训所教的就是这样的生活法，教人不要动。不动，失错当然就较少了，但不活的岩石泥沙，失错不是更少么？我以为人类为向上，即发展起见，应该活动，活动而有若干失错，也不要紧。惟独半死半生的苟活，是全盘失错的。因为他挂了生活的招牌，其实却引人到死路上去！

我想，我们总得将青年从牢狱里引出来，路上的危险，当然是有的，但这是求生的偶然的危险，无从逃避。想逃避，就须度那古人所希求的第一监狱式生活了，可是真在第一监狱里的犯人，都想早些释放，虽然外面并不比狱里安全。

北京暖和起来了；我的院子里种了几株丁香，活了；还有两株榆叶梅，至今还未发芽，不知道他是否活着。

昨天闹了一个小乱子，许多学生被打伤了；听说还有死的，我不知道确否。其实，只要听他们开会，结果不过是开会而已，因为加了强力的迫压，遂闹出开会以上的事来。俄国的革命，不就是从这样的路径出发的么？

夜深了，就此搁笔，后来再谈罢。

鲁迅。五月八日夜。

题注：

本篇最初发表于 1925 年 5 月 14 日开封《豫报副刊》。收入《华盖集》。本篇是鲁迅致吕蕴儒、向培良的信。吕蕴儒，河南人，鲁迅在北京世界语专门学校任教时的学生。向培良，湖南黔阳人，狂飚社的主要成员之一。1925 年 5 月 4 日《豫报》在河南开封创刊，鲁迅在收到《豫报》，特别是看了由吕蕴儒、向培良等编辑的《豫报副刊》之后特写此信以示祝贺，称赞"它那蓬勃的朝气"，"在豫告这古国将要复活"，并应编辑之请寄语河南的青年，回答了"青年应当向怎样的目标"前进这个问题。

导师

近来很通行说青年；开口青年，闭口也是青年。但青年又何能一概而论？有醒着的，有睡着的，有昏着的，有躺着的，有玩着的，此外还多。但是，自然也有要前进的。

要前进的青年们大抵想寻求一个导师。然而我敢说：他们将永远寻不到。寻不到倒是运气；自知的谢不敏，自许的果真识路么？凡自以为识路者，总过了"而立"之年，灰色可掬了，老态可掬了，圆稳而已，自己却误以为识路。假如真识路，自己就早进向他的目标，何至于还在做导师。说佛法的和尚，卖仙药的道士，将来都与白骨是"一丘之貉"，人们现在却向他听生西的大法，求上升的真传，岂不可笑！

但是我并非敢将这些人一切抹杀；和他们随便谈谈，是可以的。说话的也不过能说话，弄笔的也不过能弄笔；别人如果希望他打拳，则是自己错。他如果能打拳，早已打拳了，但那时，别人大概又要希望他翻筋斗。

有些青年似乎也觉悟了，我记得《京报副刊》征求青年必读书时，曾有一位发过牢骚，终于说：只有自己可靠！我现在还想斗胆转一句，虽然有些杀风景，就是：自己也未必可靠的。

我们都不大有记性。这也无怪，人生苦痛的事太多了，尤其是在中国。记性好的，大概都被厚重的苦痛压死了；只有记性坏的，适者生存，还能欣然活着。但我们究竟还有一点记忆，回想起来，怎样的"今是昨非"呵，怎样的"口是心非"呵，怎样的"今日之我与昨日之我战"呵。我们还没有正在饿得要死时于无人处见别人的饭，正在穷得要死时于无人处见别人的钱，正在性欲旺盛时遇见异性，而且很美的。我想，大话不宜讲得太早，否则，倘有记性，将来想到时会脸红。

或者还是知道自己之不甚可靠者，倒较为可靠罢。

青年又何须寻那挂着金字招牌的导师呢？不如寻朋友，联合起来，同向着似乎可以生存的方向走。你们所多的是生力，遇见深林，可以辟成平地的，遇见旷野，可以栽种树木的，遇见沙漠，可以开掘井泉的。问什么荆棘塞途的老路，寻什么乌烟瘴气的鸟导师！

五月十一日。

题注：

本篇最初发表于 1925 年 5 月 15 日北京《莽原》周刊第四期。收入《华盖集》。《华盖集》中《导师》和《长城》二篇，当时以《编完写起》的总题发表，共有四段。本篇原为第一、二段，题名是鲁迅在编《华盖集》时所加。本篇提醒青年们，与其寻导师，不如寻朋友，寻同道，联合起来向前走。这一观点，鲁迅于 1925 年 6 月在《田园思想》一文中也曾有所阐发："我所憎恶的所谓'导师'，是自以为有正路，有捷径，而其实却是劝人不走的人。倘有领人向前者，只要自己愿意，自然也不妨追踪而往；但这样的前锋，怕中国现在还找不到罢。所以我想，与其找胡涂导师，倒不如自己走，可以省却寻觅的工夫，横竖他也什么都不知道。"

"田园思想"

白波先生：

我所憎恶的所谓"导师"，是自以为有正路，有捷径，而其实却是劝人不走的人。倘有领人向前者，只要自己愿意，自然也不妨追踪而往。但这样的前锋，怕中国现在还找不到罢。所以我想，与其找胡涂导师，倒不如自己走，可以省却寻觅的工夫，横竖他也什么都不知道。至于我那"遇见森林，可以辟成平地，……"这些话，不过是比方，犹言可以用自力克服一切困难，并非真劝人都到山里去。

鲁迅

【备考】：

来信

鲁迅先生：

上星期偶然到五马路一爿小药店里去看我一个小表弟——

他现在是店徒——走过亚东书馆，顺便走了进去。在杂乱的书报堆里找到了几期《语丝》，便买来把它读。在广告栏中看见了有所谓《莽原》的广告和目录，说是由先生主编的，定神一想，似乎刚才在亚东书馆也乱置在里面，便懊悔的什么似的。要再乘电车出去，时钱两缺，暂时把它丢开了。可是当我把《语丝》读完的时候，想念《莽原》的心思却忽然增高万倍，急中生智，马上写了一封信给我的可爱的表弟。下二天，我居然能安安逸逸的读《莽原》了。三期中最能引起我的兴致的，便是先生的小杂感。

上面不过要表明对于《莽原》的一种渴望，不是存心要耗费先生的时间。今天，我的表弟又把第四期的《莽原》寄给我了，白天很热，所以没有细读，现在是半夜十二时多了，在寂静的大自然中，洋烛光前，细读《编完写起》，一字一字的。尤其使我百读不厌的，是第一段关于"青年与导师"的话。因为这个念头近来把我扰的头昏，时时刻刻想找一些文章来读，借以得些解决。

先生说："你们所多的是生力，遇见深林，可以开成平地的，遇见旷野，可以栽种树木的……，寻什么乌烟瘴气的鸟导师！"可真痛快之至了！

先生，我不愿对你说我是怎么烦闷的青年啦，我是多么孤苦啦，因为这些无聊的形容词非但不能引人注意，反生厌恶。我切急要对先生说的，是我正在找个导师呵！我所谓导师，不是说天天把书讲给我听，把道德……等指示我的，乃是正在找一个能给我一些真实的人生观的师傅！

大约一月前，我把嚣俄的《哀史》念完了。当夜把它的大意仔细温习一遍，觉得嚣俄之所以写了这么长的一部伟著，其用意也不过是指示某一种人的人生观。他写《哀史》是在流放于 Channel Island 时，所以他所指示的人是一种被世界，人类，社会，小人……甚至一个侦探所舍弃的人，但同时也是被他们监视的人。一个无辜的农夫，偷了一点东西来养母亲，卒至终生做了罪犯；逃了一次监，罪也加重一层。后来，竟能化名办实业，做县知事，乐善好施，救出了无数落难的人。而他自己则布衣素食，保持着一副沉毅的态度，还在夜间明灯攻读，以补少年失学之缺憾（这种处所，正是浪漫作家最得意之笔墨）。可是他终被一个侦探（社会上实有这种人的！）怀疑到一个与他同貌的农夫，及至最后审判的一天，他良心忍不住了，投案自首，说他才是个逃犯。至此，他自己知道社会上决不能再容他存在了。于是他一片赤诚救世之心，却无人来接受！这是何等的社会！可是他的身体可以受种种的束缚，他的心却是活的！所以他想出了以一个私生女儿为终生的安慰！他可为她死！他的生也是为了她。试看 Cosett 与人家发生了爱，他老人家终夜不能入睡，是多么的烦闷呵！最后，她嫁了人，他老人家觉得责任已尽，人生也可告终了。于是也失踪了。

我以为嚣俄是指导被社会压迫与弃置的人，尽可做一些实在的事；其中未始没有乐趣。正如先生所谓"遇见深林……"，虽则在动机上彼此或有些不同。差不多有一年之久，我终日想自己去做一些工作，不倚靠别人，总括一句，就是不要做智识阶级的人了，自己努力去另辟一新园地。后来又读托尔斯泰小说 Anna Karenina，看副主人 Levin 的田园生活，更证明我前念之不错。及至后来读了 Hardy 的悲观色彩十分浓厚的 Tess，对于乡村实在有些入魔了！不过以 Hardy 的生活看来，勤勤恳恳的把 Wessex

写给了世人，自己孜孜于文学生涯，觉得他的生活，与嚣俄或托尔斯泰所写的有些两样，一是为了他事失败而才从事的，而哈代则生来愿意如此（虽然也许是我妄说，但不必定是哈代，别的人一定很多）。虽然结果一样，其"因"却大相径庭。一是进化的，前者却是退化了。

因为前天在某文上见引用一句歌德的话："做是容易的，想却难了！"于是从前种种妄想，顿时消灭的片屑不存。因为照前者的入田园，只能算一种"做"，而"想"却绝对谭不到，平心而论，一个研究学问或作其他事业的人一旦遭了挫折，便去归返自然，只能算"做"一些简易的工作，和我国先前的隐居差不多，无形中已陷于极端的消极了！一个愚者而妄想"想"，自然痴的可怜，但一遇挫折己便反却，却是退化了。

先生的意思或许不是这些，但现今田园思想充斥了全国青年的头脑中，所以顺便写了一大堆无用的话。但不知先生肯否给我以稍为明了一些的解释呢？

先生虽然万分的憎恶所谓"导师"，我却从心坎里希望你做一些和厨川白村相像的短文（这相像是我虚拟的），给麻木的中国人一些反省。

白波，上海同文书院。六月。

题注：

本篇最初发表于 1925 年 6 月 12 日《莽原》周刊第八期。收入《集外集》。

编者附白

　　《莽原》所要讨论的，其实并不重在这一类问题。前回登那两篇文章的缘故，倒在无处可登，所以偏要给他登出。但因此又不得不登了相关的陈先生的信，作一个结束。这回的两篇，是作者见了《现代评论》的答复，而未见《莽原》的短信的时候所做的，从上海寄到北京，却又在陈先生的信已经发表之后了，但其实还是未结束前的话。因此，我要请章周二先生原谅：我便于词句间换了几字，并且将"附白"除去了。大概二位看到短信之后，便不至于以我为太专断的罢。

六月一日。

题注：

　　本篇最初发表于1925年6月5日《莽原》周刊第七期。初未收集。1925年1月，章锡琛、周建人在《妇女杂志》发表关于性道德问题的文章，陈百年即在《现代评论》上予以批驳，而章、周寄《现代评论》的反驳文章又得不到发表，《莽原》周刊第七期登出了章锡琛《与陈百年教授谈梦》和周建人《再答陈百年先生论一夫多妻》两文，鲁迅撰文予以说明。

我观北大

　　因为北大学生会的紧急征发，我于是总得对于本校的二十七周年纪念来说几句话。

　　据一位教授的名论，则"教一两点钟的讲师"是不配与闻校事的，而我正是教一点钟的讲师。但这些名论，只好请恕我置之不理；——如其不恕，那么，也就算了，人那里顾得这些事。

　　我向来也不专以北大教员自居，因为另外还与几个学校有关系。然而不知怎的，——也许是含有神妙的用意的罢，今年忽而颇有些人指我为北大派。我虽然不知道北大可真有特别的派，但也就以此自居了。北大派么？就是北大派！怎么样呢？

　　但是，有些流言家幸勿误会我的意思，以为谣我怎样，我便怎样的。我的办法也并不一律。譬如前次的游行，报上谣我被打落了两个门牙，我可决不肯具呈警厅，吁请补派军警，来将我的门牙从新打落。我之照着谣言做去，是以专检自己所愿意者为限的。

　　我觉得北大也并不坏。如果真有所谓派，那么，被派进这派里去，也还是也就算了。理由在下面：

　　既然是二十七周年，则本校的萌芽，自然是发于前清的，但我并民国初年的情形也不知道。惟据近七八年的事实看来，第一，北大是常为新的，改进的运动的先锋，要使中国向着好的，往上的道路走。虽然很中了许多暗箭，背了许多谣言；教授和学生也都逐年地有些改换了，而那向上的精神还是始终一贯，不见得弛懈。自然，偶尔也免不了有些很想勒转马头的，可是这也无伤大体，"万众一心"，原不过是书本子上的冠冕话。

第二，北大是常与黑暗势力抗战的，即使只有自己。自从章士钊提了"整顿学风"的招牌来"作之师"，并且分送金款以来，北大却还是给他一个依照彭允彝的待遇。现在章士钊虽然还伏在暗地里做总长，本相却已显露了；而北大的校格也就愈明白。那时固然也曾显出一角灰色，但其无伤大体，也和第一条所说相同。

我不是公论家，有上帝一般决算功过的能力。仅据我所感得的说，则北大究竟还是活的，而且还在生长的。凡活的而且在生长者，总有着希望的前途。

今天所想到的就是这一点。但如果北大到二十八周年而仍不为章士钊者流所谋害，又要出纪念刊，我却要预先声明：不来多话了。一则，命题作文，实在苦不过；二则，说起来大约还是这些话。

十二月十三日。

题注：

本篇最初发表于1925年12月17日《北大学生会周刊》创刊号。收入《华盖集》。自1917年蔡元培任校长以来，北京大学成为中国新文化运动的大本营，对中国的文化革新和文化建设起了很大的作用。北洋军阀政府时期，1923年，为反对当时的北洋政府教育总长彭允彝，北大一度与教育部脱离关系。1925年8月北大因章士钊"思想陈腐，行为卑鄙"，发布宣言反对他任教育总长，与教育部脱离关系，9月段祺瑞政府内阁会议决定停发该校经费。在这样的背景下北大迎来了27周年的校庆，鲁迅应北大学生会之请撰写这篇纪念文章，赞扬北大"是改进的运动的先锋"，"是常与黑暗势力抗战的"。

马上日记

豫序

在日记还未写上一字之前，先做序文，谓之豫序。

我本来每天写日记，是写给自己看的；大约天地间写着这样日记的人们很不少。假使写的人成了名人，死了之后便也会印出；看的人也格外有趣味，因为他写的时候不像做《内感篇》外冒篇似的须摆空架子，所以反而可以看出真的面目来。我想，这是日记的正宗嫡派。

我的日记却不是那样。写的是信札往来，银钱收付，无所谓面目，更无所谓真假。例如：二月二日晴，得 A 信；B 来。三月三日雨，收 C 校薪水 X 元，复 D 信。一行满了，然而还有事，因为纸张也颇可惜，便将后来的事写入前一天的空白中。总而言之：是不很可靠的。但我以为 B 来是在二月一，或者二月二，其实不甚有关系，即便不写也无妨；而实际上，不写的时候也常有。我的目的，只在记上谁有来信，以便答复，或者何时答复过，尤其是学校的薪水，收到何年何月的几成几了，零零星星，总是记不清楚，必须有一笔帐，以便检查，庶几乎两不含胡，我也知道自己有多少债放在外面，万一将来收清之后，要成为怎样的一个小富翁。此外呢，什么野心也没有了。

吾乡的李慈铭先生，是就以日记为著述的，上自朝章，中至学问，下迄相骂，都记录在那里面。果然，现在已有人将那手迹用石印印出了，每部五十元，在这样的年头，不必说学生，就是先生也无从买起。那日记上就记着，当他每装成一函的时候，早就有人借来借去的传钞了，正不必老远的等待"身后"。这虽然不像日记的正脉，但若有志在立言，意存褒贬，欲人知而又畏人知的，却不妨模仿着试试。什么做了一点白话，便说是要在一百年后发表的书里面的一篇，真是其蠢臭为不可及也。

我这回的日记，却不是那样的"有厚望焉"的，也不是原先的很简单的，现在还没有，想要写起来。四五天以前看见半农，说是要编《世界日报》的副刊去，你得寄一点稿。那自然是可以的喽。然而稿子呢？这可着实为难。看副刊的大抵是学生，都是过来人，做过什么"学而时习之不亦说乎论"或"人心不古议"的，一定知道做文章是怎样的味道。有人说我是"文学家"，其实并不是的，不要相信他们的话，那证据，就是我也最怕做文章。

然而既然答应了，总得想点法。想来想去，觉得感想倒偶尔也有一点的，平时接着一懒，便搁下，忘掉了。如果马上写出，恐怕倒也是杂感一类的东西。于是乎我就决计：一想到，就马上写下来，马上寄出去，算作我的画到簿。因为这是开首就准备给第三者看的，所以恐怕也未必很有真面目，至少，不利于己的事，现在总还要藏起来。愿读者先明白这一点。

如果写不出，或者不能写了，马上就收场。所以这日记要有多长，现在一点不知道。

一九二六年六月二十五日，记于东壁下。

六月二十五日

晴。

生病。——今天还写这个，仿佛有点多事似的。因为这是十天以前的事，现在倒已经可以算得好起来了。不过余波还没有完，所以也只好将这作为开宗明义章第一。谨案才子立言，总须大嚷三大苦难：一曰穷，二曰病，三曰社会迫害我。那结果，便是失掉了爱人；若用专门名词，则谓之失恋。我的开宗明义虽然近似第二大苦难，实际上却不然，倒是因为端午节前收了几文稿费，吃东西吃坏了，从此就不消化，胃痛。我的胃的八字不见佳，向来就担不起福泽的。也很想看医生。中医，虽然有人说是玄妙无穷，内科尤为独步，我可总是不相信。西医呢，有名的看资贵，事情忙，诊视也潦草，无名的自然便宜些，然而我总还有些踌蹰。事情既然到了这样，当然只好听凭敝胃隐隐地痛着了。

自从西医割掉了梁启超的一个腰子以后，责难之声就风起云涌了，连对于腰子不很有研究的文学家也都"仗义执言"。同时，"中医了不得论"也就应运而起；腰子有病，何不服黄耆欤？什么有病，何不吃鹿茸欤？但西医的病院里确也常有死尸抬出。我曾经忠告过 G 先生：你要开医院，万不可收留些看来无法挽回的病人；治好了走出，没有人知道，死掉了抬出，就哄动一时了，尤其是死掉的如果是"名流"。我的本意是在设法推行新医学，但 G 先生却似乎以为我良心坏。这也未始不可以那么想，——由他去罢。

但据我看来，实行我所说的方法的医院可很有，只是他们的本意却并不在要使新医学通行。新的本国的西医又大抵模模胡胡，一出手便先学了中医一样的江湖诀，和水的龙胆丁几两日份八角；漱口的淡硼酸水每瓶一元。至于诊断学呢,我似的门外汉可不得而知。总之,西方的医学在中国还未萌芽,便已近于腐败。我虽然只相信西医,近来也颇有些望而却步了。

前几天和季茀谈起这些事,并且说,我的病,只要有熟人开一个方就好,用不着向什么博士化冤钱。第二天,他就给我请了正在继续研究的 Dr.H. 来了。开了一个方,自然要用稀盐酸,还有两样这里无须说;我所最感谢的是又加些 Sirup Simpel 使我喝得甜甜的,不为难。向药房去配药,可又成为问题了,因为药房也不免有模模胡胡的,他所没有的药品,也许就替换,或者竟删除。结果是托 Fraeulein H. 远远地跑到较大的药房去。

这样一办,加上车钱,也还要比医院的药价便宜到四分之三。

胃酸得了外来的生力军,强盛起来,一瓶药还未喝完,痛就停止了。我决定多喝它几天。但是,第二瓶却奇怪,同一的药房,同一的药方,药味可是不同一了;不像前一回的甜,也不酸。我检查我自己,并不发热,舌苔也不厚,这分明是药水有些蹊跷。喝了两回,坏处倒也没有;幸而不是急病,不大要紧,便照例将它喝完。去买第三瓶时,却附带了严重的质问;那回答是:也许糖分少了一点罢。这意思就是说紧要的药品没有错。中国的事情真是稀奇,糖分少一点,不但不甜,连酸也不酸了,的确是"特别国情"。

现在多攻击大医院对于病人的冷漠,我想,这些医院,将病人当作研究品,大概是有的,还有在院里的"高等华人",将病人看作下等研究品,大概也是有的。不愿意的,只好上私人所开的医院去,可是诊金药价都很贵。请熟人开了方去买药呢,药水也会先后不同起来。

这是人的问题。做事不切实,便什么都可疑。吕端大事不胡涂,犹言小事不妨胡涂点，这自然很足以显示我们中国人的雅量，然而我的胃痛却因此延长了。在宇宙的森罗万象中，我的胃痛当然不过是小事，或者简直不算事。

质问之后的第三瓶药水，药味就同第一瓶一样了。先前的闷胡卢，到此就很容易打破，就是那第二瓶里，是只有一日分的药，却加了两日分的水的，所以药味比正当的要薄一半。

虽然连吃药也那么踌躇，病却也居然好起来了。病略见好，H就攻击我头发长，说为什么不赶快去剪发。

这种攻击是听惯的，照例"着毋庸议"。但也不想用功，只是清理抽屉。翻翻废纸，其中有一束纸条，是前几年钞写的；这很使我觉得自己也日懒一日了，现在早不想做这类事。那时大概是想要做一篇攻击近时印书，胡乱标点之谬的文章的，废纸中就钞有很奇妙的例子。要塞进字纸篓里时，觉得有几条总还是爱不忍释，现在钞几条在这里，马上印出，以便"有目共赏"罢。其余的便作为换取火柴之助——

"国朝陈锡路黄嬭余话云。唐傅奕考覈道经众本。有项羽妾。本齐武平五年彭城人。开项羽妾冢。得之。"（上海进步书局石印本《茶香室丛钞》卷四第二叶。）

"国朝欧阳泉点勘记云。欧阳修醉翁亭。记让泉也。本集及滁州石刻。並同诸选本。作酿泉。误也。"（同上卷八第七叶。）

"袁石公典试秦中。后颇自悔。其少作诗文。皆粹然一出于正。"（上海士林精舍石印本《书影》卷一第四叶。）

"考……顺治中，秀水又有一陈忱，……著诚斋诗集，不出户庭，录读史随笔，同姓名录诸书。"（上海亚东图书馆排印本

《水浒续集两种序》第七叶。）

标点古文，确是一种小小的难事，往往无从下笔；有许多处，我常疑心即使请作者自己来标点，怕也不免于迟疑。但上列的几条，却还不至于那么无从索解。末两条的意义尤显豁，而标点也弄得更聪明。

六月二十六日

晴。

上午，得霁野从他家乡寄来的信，话并不多，说家里有病人，别的一切人也都在毫无防备的将被疾病袭击的恐怖中；末尾还有几句感慨。

午后，织芳从河南来，谈了几句，匆匆忙忙地就走了，放下两个包，说这是"方糖"，送你吃的，怕不见得好。织芳这一回有点发胖，又这么忙，又穿着方马褂，我恐怕他将要做官了。

打开包来看时，何尝是"方"的，却是圆圆的小薄片，黄棕色。吃起来又凉又细腻，确是好东西。但我不明白织芳为什么叫它"方糖"？但这也就可以作为他将要做官的一证。

景宋说这是河南一处什么地方的名产，是用柿霜做成的；性凉，如果嘴角上生些小疮之类，用这一搽，便会好。怪不得有这么细腻，原来是凭了造化的妙手，用柿皮来滤过的。可惜到他说明的时候，我已经吃了一大半了。连忙将所余的收起，豫备将来嘴角上生疮的时候，好用这来搽。

夜间，又将藏着的柿霜糖吃了一大半，因为我忽而又以为嘴角上生疮的时候究竟不很多，还不如现在趁新鲜吃一点。不料一吃，就又吃了一大半了。

六月二十八日

晴，大风。

上午出门，主意是在买药，看见满街挂着五色国旗；军警林立。走到丰盛胡同中段，被军警驱入一条小胡同中。少顷，看见大路上黄尘滚滚，一辆摩托车驰过；少顷，又是一辆；少顷，又是一辆；又是一辆；又是一辆……。车中人看不分明，但见金边帽。车边上挂着兵，有的背着扎红绸的板刀；小胡同中人都肃然有敬畏之意。又少顷，摩托车没有了，我们渐渐溜出，军警也不作声。

溜到西单牌楼大街，也是满街挂着五色国旗，军警林立。一群破衣孩子，各各拿着一把小纸片，叫道：欢迎吴玉帅号外呀！一个来叫我买，我没有买。

将近宣武门口，一个黄色制服，汗流满面的汉子从外面走进来，忽而大声道：草你妈！许多人都对他看，但他走过去了，许多人也就不看了。走进宣武门城洞下，又是一个破衣孩子拿着一把小纸片，但却默默地将一张塞给我，接来一看，是石印的李国恒先生的传单，内中大意，是说他的多年痔疮，已蒙一个国手叫作什么先生的医好了。

到了目的地的药房时，外面正有一群人围着看两个人的口角；一柄浅蓝色的旧洋伞正挡住药房门。我推那洋伞时，斤量很不轻；终于伞底下回过一个头来，问我"干什么？"我答说进去买药。他不作声，又回头去看口角去了，洋伞的位置依旧。我只好下了十二分的决心，猛力冲锋；一冲，可就冲进去了。

药房里只有帐桌上坐着一个外国人，其余的店伙都是年青的同胞，服饰干净漂亮。不知怎地，我忽而觉得十年以后，他们便都要变为高等华人，而自己却现在就有下等人之感。于是乎恭恭敬敬地将药方和瓶子捧呈给一位分开头发的同胞。

"八毛五分。"他接了，一面走，一面说。

"喂！"我实在耐不住，下等脾气又发作了。药价八毛，瓶子钱照例五分，我是知道的。现在自己带了瓶子，怎么还要付五分钱呢？这一个"喂"字的功用就和国骂的"他妈的"相同，其中含有这么多的意义。

"八毛！"他也立刻懂得，将五分钱让去，真是"从善如流"，有正人君子的风度。

我付了八毛钱，等候一会，药就拿出来了。我想，对付这一种同胞，有时是不宜于太客气的。于是打开瓶塞，当面尝了一尝。

"没有错的。"他很聪明，知道我不信任他。

"唔。"我点头表示赞成。其实是，还是不对，我的味觉不至于很麻木，这回觉得太酸了一点了，他连量杯也懒得用，那稀盐酸分明已经过量。然而这于我倒毫无妨碍的，我可以每回少喝些，或者对上水，多喝它几回。所以说"唔"；"唔"者，介乎两可之间，莫明其真意之所在之答话也。

"回见回见！"我取了瓶子，走着说。

"回见。不喝水么？"

"不喝了。回见。"

我们究竟是礼教之邦的国民，归根结蒂，还是礼让。让出了玻璃门之后，在大毒日头底下的尘土中趱行，行到东长安街左近，又是军警林立。我正想横穿过去，一个巡警伸手拦住道：不成！我说只要走十几步，到对面就好了。他的回答仍然是：不成！那结果，是从别的道路绕。

绕到L君的寓所前，便打门，打出一个小使来，说L君出去了，须得午饭时候才回家。我说，也快到这个时候了，我在这里等一等罢。他说：不成！你贵姓呀？这使我很狼狈，路既这么远，走路又这么难，白走一遭，实在有些可惜。我想了十秒钟，便从衣袋里挖出一张名片来，叫他进去禀告太太，说有这么一个人，要在这里等一等，可以不？约有半刻钟，他出来了，结果是：也不成！先生要三点钟才回来哩，你三点钟再来罢。

又想了十秒钟，只好决计去访C君，仍在大毒日头底下的尘土中趱行，这回总算一路无阻，到了。打门一问，来开门的答道：去看一看可在家。我想：这一次是大有希望了。果然，即刻领我进客厅，C君也跑出来。我首先就要求他请我吃午饭。于是请我吃面包，还有葡萄酒；主人自己却吃面。那结果是一盘面包被我吃得精光，虽然另有奶油，可是四碟菜也所余无几了。

吃饱了就讲闲话，直到五点钟。

客厅外是很大的一块空地方，种着许多树。一株频果树下常有孩子们徘徊；C君说，那是在等候频果落下来的；因为有定律：谁拾得就归谁所有。我很笑孩子们耐心，肯做这样的迂远事。然而奇怪，到我辞别出去时，我看见三个孩子手里已经各有一个频果了。

回家看日报，上面说："……吴在长辛店留宿一宵。除上述原因外，尚有一事，系吴由保定启程后，张其锽曾为吴卜一课，谓二十八日入京大利，必可平定西北。二十七日入京欠佳。吴颇以为然。此亦吴氏迟一日入京之由来也。"因此又想起我今天"不成"了大半天，运气殊属欠佳，不如也卜一课，以觇晚上的休咎罢。但我不明卜法，又无筮龟，实在无从措手。后来发明了一种新法，就是随便拉过一本书来，闭了眼睛，翻开，用手指指下去，然后张开眼，看指着的两句，就算是卜辞。

用的是《陶渊明集》，如法泡制，那两句是："寄意一言外，兹契谁能别。"详了一会，竟不知道是怎么一回事。

题注：

本篇最初连续发表于 1926 年 7 月 5 日、8 日、10 日、12 日北京《世界日报副刊》。收入《华盖集续编》。刘半农之前任《新青年》杂志编辑时，就与鲁迅有交往。1926 年初夏刘半农出任《世界日报》文艺副刊编辑，向鲁迅索稿。鲁迅的《马上日记》和《马上日记之二》陆续在该刊发表。

《马上日记》连续刊登在《世界日报副刊》上，前有一则"豫序"，后面是 6 月 25、26、28 日三天的日记。之所以题为《马上日记》，鲁迅在其"豫序"中开宗明义说，自己最怕做文章，因为平时虽偶有所思，可是一懒便搁下，忘掉了，而当灵感闪现之际，"如果马上写出，恐怕倒也是杂感一类的东西。于是乎我就决计：一想到，就马上写下来，马上寄出去，算作我的画到簿……"，"如果写不出，或者不能写了，马上就收场"。鲁迅用日记这种更加自由、随意、可长可短的文体，记录了三天里发生的身边琐事，而又时时触及时事热点，反映了段祺瑞逃走、直系军阀吴佩孚入京这一阶段北京城内的乱象。

马上支日记

前几天会见小峰，谈到自己要在半农所编的副刊上投点稿，那名目是《马上日记》。小峰怃然曰，回忆归在《旧事重提》中，目下的杂感就写进这日记里面去……意思之间，似乎是说：你在《语丝》上做什么呢？——但这也许是我自己的疑心病。我那时可暗暗地想：生长在敢于吃河豚的地方的人，怎么也会这样拘泥？政党会设支部，银行会开支店，我就不会写支日记的么？因为《语丝》上须投稿，而这暗想马上就实行了，于是乎作支日记。

六月二十九日

晴。

早晨被一个小蝇子在脸上爬来爬去爬醒，赶开，又来；赶开，又来；而且一定要在脸上的一定的地方爬。打了一回，打它不死，只得改变方针：自己起来。

记得前年夏天路过 S 州，那客店里的蝇群却着实使人惊心动魄。饭菜搬来时，它们先追逐着赏鉴；夜间就停得满屋，我们就枕，必须慢慢地，小心地放下头去，倘若猛然一躺，惊动了它们，便轰的一声，飞得你头昏眼花，一败涂地。到黎明，青年们所希望的黎明，那自然就照例地到你脸上来爬来爬去了。但我经过街上，看见一个孩子睡着，五六个蝇子在他脸上爬，他却睡得甜甜的，连皮肤也不牵动一下。在中国过活，这样的训练和涵养工夫是万不可少的。与其鼓吹什么"捕蝇"，倒不如练习这一种本领来得切实。

　　什么事都不想做。不知道是胃病没有全好呢，还是缺少了睡眠时间。仍旧懒懒地翻翻废纸，又看见几条《茶香室丛钞》式的东西。已经团入字纸篓里的了，又觉得"弃之不甘"，挑一点关于《水浒传》的，移录在这里罢——

　　宋洪迈《夷坚甲志》十四云："绍兴二十五年，吴傅朋说除守安丰军，自番阳遣一卒往呼吏士，行至舒州境，见村民穰穰，十百相聚，因弛担观之。其人曰，吾村有妇人为虎衔去，其夫不胜愤，独携刀往探虎穴，移时不反，今谋往救也。久之，民负死妻归，云，初寻迹至穴，虎牝牡皆不在，有二子戏岩窦下，即杀之，而隐其中以俟。少顷，望牝者衔一人至，倒身入穴，不知人藏其中也。吾急持尾，断其一足。虎弃所衔人，踉蹡而窜；徐出视之，果吾妻也，死矣。虎曳足行数十步，堕洞中。吾复入窦伺，牡者俄咆跃而至，亦以尾先入，又如前法杀之。妻冤已报，无憾矣。乃邀邻里往视，舁四虎以归，分烹之。"案《水浒传》叙李逵沂岭杀四虎事，情状极相类，疑即本此等传说作之。《夷坚甲志》成于乾道初（1165），此条题云《舒民杀四虎》。

宋庄季裕《鸡肋编》中云："浙人以鸭儿为大讳。北人但知鸭羹虽甚热，亦无气。后至南方，乃始知鸭若只一雄，则虽合而无卵，须二三始有子，其以为讳者，盖为是耳，不在于无气也。"案《水浒传》叙郓哥向武大索麦稃，"武大道：'我屋里又不养鹅鸭，那里有这麦稃？'郓哥道：'你说没麦稃，怎地栈得肥胮胮地，便颠倒提起你来也不妨，煮你在锅里也没气？'武大道：'含鸟猢狲！倒骂得我好。我的老婆又不偷汉子，我如何是鸭？'……"鸭必多雄始孕，盖宋时浙中俗说，今已不知。然由此可知《水浒传》确为旧本，其著者则浙人；虽庄季裕，亦仅知鸭羹无气而已。《鸡肋编》有绍兴三年（1133）序，去今已将八百年。

元陈泰《所安遗集》《江南曲序》云："余童丱时，闻长老言宋江事，未究其详。至治癸亥秋九月十六日，过梁山泊，舟遥见一峰，蹀嵲雄跨，问之篙师，曰，此安山也，昔宋江事处，绝湖为池，阔九十里，皆蕖荷菱芡，相传以为宋妻所植。宋之为人，勇悍狂侠，其党如宋者三十六人。至今山下有分赃台，置石座三十六所，俗所谓'去时三十六，归时十八双'，意者其自誓之辞也。始予过此，荷花弥望，今无复存者，惟残香相送耳。因记王荆公诗云：'三十六陂春水，白头想见江南。'味其词，作《江南曲》以叙游历，且以慰宋妻种荷之意云。(原注：曲因蠹损无存。)"案宋江有妻在梁山泺中，且植芰荷，仅见于此；而谓江勇悍狂侠，亦与今所传性格绝殊，知《水浒》故事，宋元来异说多矣。泰字志同，号所安，茶陵人，延祐甲寅（1314），以《天马赋》中省试第十二名，会试赐乙卯科张起岩榜进士第，由翰林庶吉士改授龙南令，卒官。至曾孙朴，始集其遗文为一卷。成化丁未，来孙铨等又并补遗重刊之。《江南曲》即在补遗中，而失其诗。近《涵芬楼秘笈》第十集收金侃手写本，则并序失之矣。"舟遥见一峰"及"昔宋江事处"二句，当有脱误，未见别本，无以正之。

七月一日

晴。

上午，空六来谈；全谈些报纸上所载的事，真伪莫辨。许多工夫之后，他走了，他所谈的我几乎都忘记了，等于不谈。只记得一件：据说吴佩孚大帅在一处宴会的席上发表，查得赤化的始祖乃是蚩尤，因为"蚩""赤"同音，所以蚩尤即"赤尤"，"赤尤"者，就是"赤化之尤"的意思；说毕，合座为之"欢然"云。

太阳很烈，几盆小草花的叶子有些垂下来了，浇了一点水。田妈忠告我：浇花的时候是每天必须一定的，不能乱；一乱，就有害。我觉得有理，便踌躇起来；但又想，没有人在一定的时候来浇花，我又没有一定的浇花的时候，如果遵照她的学说，那些小花可只好晒死罢了。即使乱浇，总胜于不浇；即使有害，总胜于晒死罢。便继续浇下去，但心里自然也不大踊跃。下午，叶子都直起来了，似乎不甚有害，这才放了心。

灯下太热，夜间便在暗中呆坐着，凉风微动，不觉也有些"欢然"。人倘能够"超然象外"，看看报章，倒也是一种清福。我对于报章，向来就不是博览家，然而这半年来，已经很遇见了些铭心绝品。远之，则如段祺瑞执政的《二感篇》，张之江督办的《整顿学风电》，陈源教授的《闲话》；近之，则如丁文江督办（？）的自称"书呆子"

演说，胡适之博士的英国庚款答问，牛荣声先生的"开倒车"论（见《现代评论》七十八期），孙传芳督军的与刘海粟先生论美术书。但这些比起赤化源流考来，却又相去不可以道里计。今年春天，张之江督办明明有电报来赞成枪毙赤化嫌疑的学生，而弄到底自己还是逃不出赤化。这很使我莫明其妙；现在既知道蚩尤是赤化的祖师，那疑团可就冰释了。蚩尤曾打炎帝，炎帝也是"赤魁"。炎者，火德也，火色赤；帝不就是首领么？所以三一八惨案，即等于以赤讨赤，无论那一面，都还是逃不脱赤化的名称。

这样巧妙的考证天地间委实不很多，只记得先前在日本东京时，看见《读卖新闻》上逐日登载着一种大著作，其中有黄帝即亚伯拉罕的考据。大意是日本称油为"阿蒲拉"（Abura），油的颜色大概是黄的，所以"亚伯拉"就是"黄"。至于"帝"，是与"罕"形近，还是与"可汗"音近呢，我现在可记不真确了，总之：阿伯拉罕即油帝，油帝就是黄帝而已。篇名和作者，现在也都忘却，只记得后来还印成一本书，而且还只是上卷。但这考据究竟还过于弯曲，不深究也好。

七月二日

晴。

午后，在前门外买药后，绕到东单牌楼的东亚公司闲看。这虽然不过是带便贩卖一点日本书，可是关于研究中国的就已经很少。因为或种限制，只买了一本安冈秀夫所作的《从小说看来的支那民族性》就走了，是薄薄的一本书，用大红深黄做装饰的，价一元二角。

傍晚坐在灯下，就看看那本书，他所引用的小说有三十四种，但其中也有其实并非小说和分一部为几种的。蚊子来叮了好几口，虽然似乎不过一两个，但是坐不住了，点起蚊烟香来，这才总算渐渐太平下去。

安冈氏虽然很客气，在绪言上说，"这样的也不仅只支那人，便是在日本，怕也有难于漏网的。"但是，"一测那程度的高下和范围的广狭，则即使夸称为支那的民族性，也毫无应该顾忌的处所，"所以从支那人的我看来，的确不免汗流浃背。只要看目录就明白了：一，总说；二，过度置重于体面和仪容；三，安运命而肯罢休；四，能耐能忍；五，乏同情心多残忍性；六，个人主义和事大主义；七，过度的俭省和不正的贪财；八，泥虚礼而尚虚文；九，迷信深；十，耽享乐而淫风炽盛。

他似乎很相信Smith的《Chinese Characteristies》，常常引为典据。这书在他们，二十年前就有译本，叫作《支那人气质》；但是支那人的我们却不大有人留心它。第一章就是Smith说，以为支那人是颇有点做戏气味的民族，精神略有亢奋，就成了戏子样，一字一句，一举手一投足，都装模装样，出于本心的分量，倒还是撑场面的分量多。这就是因为太重体面了，总想将自己的体面弄得十足，所以敢于做出这样的言语动作来。总而言之，支那人的重要的国民性所成的复合关键，便是这"体面"。

我们试来博观和内省，便可以知道这话并不过于刻毒。相传为戏台上的好对联，是"戏场小天地，天地大戏场"。大家本来看得一切事不过是一出戏，有谁认真的，就是蠢物。但这也并非专由积极的体面，心有不平而怯于报复，也便以万事是戏的思想了之。万事既然是戏，则不平也非真，而不报也非怯了。所以即使路见不平，不能拔刀相助，也还不失其为一个老牌的正人君子。

我所遇见的外国人，不知道可是受了Smith的影响，还是自己实验出来的，就很有几个留心研究着中国人之所谓"体面"或"面子"。但我觉得，他们实在是已经早有心得，而且应用了，倘若更加精深圆熟起来，则不但外交上一定胜利，还要取得上等"支那人"的好感情。这时须连"支那人"三个字也不说，代以"华人"，因为这也是关于"华人"的体面的。

我还记得民国初年到北京时，邮局门口的扁额是写着"邮政局"的，后来外人不干涉中国内政的叫声高起来，不知道是偶然还是什么，不几天，都一律改了"邮务局"了。外国人管理一点邮"务"，实在和内"政"不相干，这一出戏就一直唱到现在。

向来，我总不相信国粹家道德家之类的痛哭流涕是真心，即使眼角上确有珠泪横流，也须检查他手巾上可浸着辣椒水或生姜汁。什么保存国故，什么振兴道德，什么维持公理，什么整顿学风……心里可真是这样想？一做戏，则前台的架子，总与在后台的面目不相同。但看客虽然明知是戏，只要做得像，也仍然能够为它悲喜，于是这出戏就做下去了；有谁来揭穿的，他们反以为扫兴。

中国人先前听到俄国的"虚无党"三个字，便吓得屁滚尿流，不下于现在之所谓"赤化"。其实是何尝有这么一个"党"；只是"虚无主义者"或"虚无思想者"却是有的，是都介涅夫（I.Turgeniev）给创立出来的名目，指不信神，不信宗教，否定一切传统和权威，要复归那出于自由意志的生活的人物而言。但是，这样的人物，从中国人看来也就已经可恶了。然而看看中国的一些人，至少是上等人，他们的对于神，宗教，传统的权威，是"信"和"从"呢，还是"怕"和"利用"？只要看他们的善于变化，毫无特操，是什么也不信从的，但总要摆出和内心两样的架子来。要寻虚无党，在中国实在很不少；和俄国的不同的处所，只在他们这么想，便这么说，这么做，我们的却虽然这么想，却是那么说，在后台这么做，到前台又那么做……。将这种特别人物，另称为"做戏的虚无党"或"体面的虚无党"以示区别罢，虽然这个形容词和下面的名词万万联不起来。

夜，寄品青信，托他向孔德学校去代借《闾邱辨囿》。

夜半，在决计睡觉之前，从日历上将今天的一张撕去，下面这一张是红印的。我想，明天还是星期六，怎么便用红字了呢？仔细看时，有两行小字道："马厂誓师再造共和纪念"。我又想，明天可挂国旗呢？……于是，不想什么，睡下了。

七月三日

晴。

热极，上半天玩，下半天睡觉。

晚饭后在院子里乘凉，忽而记起万牲园，因此说：那地方在夏天倒也很可看，可惜现在进不去了。田妈就谈到那管门的两个长人，说最长的一个是她的邻居，现在已经被美国人雇去，往美国了，薪水每月有一千元。

这话给了我一个很大的启示。我先前看见《现代评论》上保举十一种好著作，杨振声先生的小说《玉君》即是其中的一种，理由之一是因为做得"长"。我于这理由一向总有些隔膜，到七月三日即"马厂誓师再造共和纪念"的晚上这才明白了："长"，是确有价值的。《现代评论》的以"学理和事实"并重自许，确也说得出，做得到。

今天到我的睡觉时为止，似乎并没有挂国旗，后半夜补挂与否，我不知道。

七月四日

晴。

早晨，仍然被一个蝇子在脸上爬来爬去爬醒，仍然赶不走，仍然只得自己起来。品青的回信来了，说孔德学校没有《间邱辨囿》。

也还是因为那一本《从小说看来的支那民族性》。因为那里面讲到中国的肴馔，所以也就想查一查中国的肴馔。我于此道向来不留心，所见过的旧记，只有《礼记》里的所谓"八珍"，《酉阳杂俎》里的一张御赐菜帐和袁枚名士的《随园食单》。元朝有和斯辉的《饮馔正要》，只站在旧书店头翻了一翻，大概是元版的，所以买不起。唐朝的呢，有杨煜的《膳夫经手录》，就收在《间邱辨囿》中。现在这书既然借不到，只好拉倒了。

近年尝听到本国人和外国人颂扬中国菜，说是怎样可口，怎样卫生，世界上第一，宇宙间第 n。但我实在不知道怎样的是中国菜。我们有几处是嚼葱蒜和杂合面饼，有几处是用醋，辣椒，腌菜下饭；还有许多人是只能舐黑盐，还有许多人是连黑盐也没得舐。中外人士以为可口，卫生，第一而第 n 的，当然不是这些；应该是阔人，上等人所吃的肴馔。但我总觉得不能因为他们这么吃，便将中国菜考列一等，正如去年虽然出了两三位"高等华人"，而别的人们也还是"下等"的一般。

安冈氏的论中国菜，所引据的是威廉士的《中国》(《Middle Kingdom by Williams》)，在最末《耽享乐而淫风炽盛》这一篇中。其中有这么一段——

"这好色的国民，便在寻求食物的原料时，也大概以所想像的性欲底效能为目的。从国外输入的特殊产物的最多数，就是认为含有这种效能的东西。……在大宴会中，许多菜单的最大部分，即是想像为含有或种特殊的强壮剂底性质的奇妙的原料所做。……"

我自己想，我对于外国人的指摘本国的缺失，是不很发生反感的，但看到这里却不能不失笑。筵席上的中国菜诚然大抵浓厚，然而并非国民的常食；中国的阔人诚然很多淫昏，但还不至于将肴馔和壮阳药并合。"纣虽不善，不如是之甚也。"研究中国的外国人，想得太深，感得太敏，便常常得到这样——比"支那人"更有性底敏感——的结果。

安冈氏又自己说——

"笋和支那人的关系，也与虾正相同。彼国人的嗜笋，可谓在日本人以上。虽然是可笑的话，也许是因为那挺然翘然的姿势，引起想像来的罢。"

会稽至今多竹。竹，古人是很宝贵的，所以曾有"会稽竹箭"的话。然而宝贵它的原因是在可以做箭，用于战斗，并非因为它"挺然翘然"像男根。多竹，即多笋；因为多，那价钱就和北京的白菜差不多。我在故乡，就吃了十多年笋，现在回想，自省，无论如何，总是丝毫也寻不出吃笋时，爱它"挺然翘然"的思想的影子来。因为姿势而想像它的效能的东西是有一种的，就是肉苁蓉，然而那是药，不是菜。总之，笋虽然常见于南边的竹林中和食桌上，正如街头的电干和屋里的柱子一般，虽"挺然翘然"，和色欲的大小大概是没有什么关系的。

然而洗刷了这一点，并不足证明中国人是正经的国民。要得结论，还很费周折罢。可是中国人偏不肯研究自己。安冈氏又说，"去今十余年前，有……称为《留东外史》这一种不知作者的小说，似乎是记事实，大概是以恶意地描写日本人的性底不道德为目的的。然而通读全篇，较之攻击日本人，倒是不识不知地将支那留学生的不品行，特地费了力招供出来的地方更其多，是滑稽的事。"这是真的，要证明中国人的不正经，倒在自以为正经地禁止男女同学，禁止模特儿这些事件上。

我没有恭逢过奉陪"大宴会"的光荣，只是经历了几回中宴会，吃些燕窝鱼翅。现在回想，宴中宴后，倒也并不特别发生好色之心。但至今觉得奇怪的，是在燉，蒸，煨的烂熟的肴馔中间，夹着一盘活活的醉虾。据安冈氏说，虾也是与性欲有关系的；不但从他，我在中国也听到过这类话。然而我所以为奇怪的，是在这两极端的错杂，宛如文明烂熟的社会里，忽然分明现出茹毛饮血的蛮风来。而这蛮风，又并非将由蛮野进向文明，乃是已由文明落向蛮野，假如比前者为白纸，将由此开始写字，则后者便是涂满了字的黑纸罢。一面制礼作乐，尊孔读经，"四千年声明文物之邦"，真是火候恰到好处了，而一面又坦然地放火杀人，奸淫掳掠，做着虽蛮人对于同族也还不肯做的事……全个中国，就是这样的一席大宴会！

我以为中国人的食物，应该去掉煮得烂熟，萎靡不振的；也去掉全生，或全活的。应该吃些虽然熟，然而还有些生的带着鲜血的肉类……。

正午，照例要吃午饭了，讨论中止。菜是：干菜，已不"挺然翘然"的笋干，粉丝，腌菜。对于绍兴，陈源教授所憎恶的是"师爷"和"刀笔吏的笔尖",我所憎恶的是饭菜。《嘉泰会稽志》已在石印了,但还未出版,我将来很想查一查,究竟绍兴遇着过多少回大饥馑,竟这样地吓怕了居民,仿佛明天便要到世界末日似的,专喜欢储藏干物品。有菜,就晒干;有鱼,也晒干;有豆,又晒干;有笋,又晒得它不像样;菱角是以富于水分,肉嫩而脆为特色的,也还要将它风干……。听说探险北极的人,因为只吃罐头食物,得不到新东西,常常要生坏血病;倘若绍兴人肯带了干菜之类去探险,恐怕可以走得更远一点罢。

晚,得乔峰信并丛芜所译的布宁的短篇《轻微的欷歔》稿,在上海的一个书店里默默地躺了半年,这回总算设法讨回来了。

中国人总不肯研究自己。从小说来看民族性,也就是一个好题目。此外,则道士思想(不是道教,是方士)与历史上大事件的关系,在现今社会上的势力;孔教徒怎样使"圣道"变得和自己的无所不为相宜;战国游士说动人主的所谓"利""害"是怎样的,和现今的政客有无不同;中国从古到今有多少文字狱;历来"流言"的制造散布法和效验等等……可以研究的新方面实在多。

七月五日

晴。

晨,景宋将《小说旧闻钞》的一部分理清送来。自己再看了一遍,到下午才毕,寄给小峰付印。天气实在热得可以。

觉得疲劳。晚上,眼睛怕见灯光,熄了灯躺着,仿佛在享福。听得有人打门,连忙出去开,却是谁也没有,跨出门去根究,一个小孩子已在暗中逃远了。

关了门，回来，又躺下，又仿佛在享福。一个行人唱着戏文走过去，余音袅袅，道，"咿，咿，咿！"不知怎地忽然想起今天校过的《小说旧闻钞》里的强汝询老先生的议论来。这位先生的书斋就叫作求有益斋，则在那斋中写出来的文章的内容，也就可想而知。他自己说，诚不解一个人何以无聊到要做小说，看小说。但于古小说的判决却从宽，因为他古，而且昔人已经著录了。

憎恶小说的也不只是这位强先生，诸如此类的高论，随在可以闻见。但我们国民的学问，大多数却实在靠着小说，甚至于还靠着从小说编出来的戏文。虽是崇奉关岳的大人先生们，倘问他心目中的这两位"武圣"的仪表，怕总不免是细着眼睛的红脸大汉和五绺长须的白面书生，或者还穿着绣金的缎甲，脊梁上还插着四张尖角旗。

近来确是上下同心，提倡着忠孝节义了，新年到庙市上去看年画，便可以看见许多新制的关于这类美德的图。然而所画的古人，却没有一个不是老生，小生，老旦，小旦，末，外，花旦……。

七月六日

晴。

午后，到前门外去买药。配好之后，付过钱，就站在柜台前喝了一回份。其理由有三：一，已经停了一天了，应该早喝；二，尝尝味道，是否不错的；三，天气太热，实在有点口渴了。

不料有一个买客却看得奇怪起来。我不解这有什么可以奇怪的；然而他竟奇怪起来了，悄悄地向店伙道：

“那是戒烟药水罢？”

“不是的！”店伙替我维持名誉。

“这是戒大烟的罢？”他于是直接地问我了。

我觉得倘不将这药认作“戒烟药水”，他大概是死不瞑目的。人生几何，何必固执，我便似点非点的将头一动，同时请出我那“介乎两可之间”的好回答来：

“唔唔……。”

这既不伤店伙的好意，又可以聊慰他热烈的期望，该是一帖妙药。果然，从此万籁无声，天下太平，我在安静中塞好瓶塞，走到街上了。

到中央公园，径向约定的一个僻静处所，寿山已先到，略一休息，便开手对译《小约翰》。这是一本好书，然而得来却是偶然的事。大约二十年前，我在日本东京的旧书店头买到几十本旧的德文文学杂志，内中有着这书的绍介和作者的评传，因为那时刚译成德文。觉得有趣，便托丸善书店去买来了；想译，没有这力。后来也常常想到，但总为别的事情岔开；直到去年，才决计在暑假中将它译好，并且登出广告去，而不料那一暑假过得比别的时候还艰难。今年又记得起来，翻检一过，疑难之处很不少，还是没有这力。问寿山可肯同译，他答应了，于是开手；并且约定，必须在这暑假期中译完。

晚上回家，吃了一点饭，就坐在院子里乘凉。田妈告诉我，今天下午，斜对门的谁家的婆婆和儿媳大吵了一通嘴。据她看来，婆婆自然有些错，但究竟是儿媳妇太不合道理了。问我的意思，以为何如。我先就没有听清吵嘴的是谁家，也不知道是怎样的两个婆媳，更没有听到她们的来言去语，明白她们的旧恨新仇。现在要我加以裁判，委实有点不敢自信，况且我又向来并不是批评家。我于是只得说：这事我无从断定。

但是这句话的结果很坏。在昏暗中，虽然看不见脸色，耳朵中却听到：一切声音都寂然了。静，沉闷的静；后来还有人站起，走开。

我也无聊地慢慢地站起，走进自己的屋子里，点了灯，躺在床上看晚报；看了几行，又无聊起来了，便碰到东壁下去写日记，就是这《马上支日记》。

院子里又渐渐地有了谈笑声，说论声。

今天的运气似乎很不佳：路人冤我喝"戒烟药水"，田妈说我……。她怎么说，我不知道。但愿从明天起，不再这样。

题注：

本篇最初发表于1926年7月12日、26日，8月2日、16日《语丝》周刊第八十七、八十九、九十、九十二期。收入《华盖集续编》。李小峰是北新书局的老板，鲁迅、刘半农等人创办的同人杂志《语丝》周刊即由北新出版发行，鲁迅将《马上日记》投给《世界日报副刊》，李小峰自然关心《语丝》的稿源问题，于是鲁迅做《马上支日记》投稿给《语丝》。

本篇除了开头引言，共7天的日记，时间分别为6月29日、7月1日至6日。"三一八惨案"后段祺瑞执政府下令通缉徐谦、李大钊等5人，此外据《京报》消息，段祺瑞政府还有一个50人的黑名单，鲁迅也在其内。1926年4月26日进步文化人邵飘萍遇害后，鲁迅曾避难法国医院。1926年6月北洋军阀吴佩孚为了宣传"讨赤"，曾在北京怀仁堂的一次宴会上说："赤化之源，为黄帝时之蚩尤，以蚩赤同音，蚩尤即赤化之祖。"同年国民军将领张之江致电段祺瑞，诬蔑当时进步的学生运动说:"学风日窳,士习日偷","现已(男女)合校,复欲共妻",请段祺瑞"设法抑制"。一些文人学士、政客如胡适、丁文江、陈西滢等或积极协助军阀政府,或对进步人士落井下石。时值暑假,鲁迅没有教课的任务,在译书、写作、读书之余,冷眼旁观动荡局势,借古喻今,重新审视和反思中国的国民性问题。

马上日记之二

七月七日

晴。

　　每日的阴晴，实在写得自己也有些不耐烦了，从此想不写。好在北京的天气，大概总是晴的时候多；如果是梅雨期内，那就上午晴，午后阴，下午大雨一阵，听到泥墙倒塌声。不写也罢，又好在我这日记，将来决不会有气象学家拿去做参考资料的。

　　上午访素园，谈谈闲天，他说俄国有名的文学者毕力涅克（Boris Piliniak）上月已经到过北京，现在是走了。

　　我单知道他曾到日本，却不知道他也到中国来。

　　这两年中，就我所听到的而言，有名的文学家来到中国的有四个。第一个自然是那最有名的泰戈尔即"竺震旦"，可惜被戴印度帽子的震旦人弄得一榻胡涂，终于莫名其妙而去；后来病倒在意大利，还电召震旦"诗哲"前往，然而也不知道"后事如何"。现在听说又有人要将甘地扛到中国来了，这坚苦卓绝的伟人，只在印度能生，在英国治下的印度能活的伟人，又要在震旦印下他伟大的足迹。但当他精光的脚还未踏着华土时，恐怕乌云已在出岫了。

其次是西班牙的伊本纳兹（Blasco Ibáñez），中国倒也早有人绍介过；但他当欧战时，是高唱人类爱和世界主义的，从今年全国教育联合会的议案看来，他实在很不适宜于中国，当然谁也不理他，因为我们的教育家要提倡民族主义了。

还有两个都是俄国人。一个是斯吉泰烈支（Skitalez），一个就是毕力涅克。两个都是假名字。斯吉泰烈支是流亡在外的。毕力涅克却是苏联的作家，但据他自传，从革命的第一年起，就为着买面包粉忙了一年多。以后，便做小说，还吸过鱼油，这种生活，在中国大概便是整日叫穷的文学家也未必梦想到。

他的名字，任国桢君辑译的《苏俄的文艺论战》里是出现过的，作品的译本却一点也没有。日本有一本《伊凡和马理》（《Ivan and Maria》），格式很特别，单是这一点，在中国的眼睛——中庸的眼睛——里就看不惯。文法有些欧化，有些人尚且如同眼睛里著了玻璃粉，何况体式更奇于欧化。悄悄地自来自去，实在要算是造化的。

还有，在中国，姓名仅仅一见于《苏俄的文艺论战》里的里培进司基（U.Libedinsky），日本却也有他的小说译出了，名曰《一周间》。他们的介绍之速而且多实在可骇。我们的武人以他们的武人为祖师，我们的文人却毫不学他们文人的榜样，这就可预卜中国将来一定比日本太平。

但据《伊凡和马理》的译者尾濑敬止氏说，则作者的意思，是以为“频果的花，在旧院落中也开放，大地存在间，总是开放”的。那么，他还是不免于念旧。然而他眼见，身历了革命了，知道这里面有破坏，有流血，有矛盾，但也并非无创造，所以他决没有绝望之心。这正是革命时代的活着的人的心。诗人勃洛克（Alexander Block）也如此。他们自然是苏联的诗人，但若用了纯马克斯流的眼光来批评，当然也还是很有可议的处所。不过我觉得托罗兹基（Trotsky）的文艺批评，倒还不至于如此森严。

可惜我还没有看过他们最新的作者的作品《一周间》。

革命时代总要有许多文艺家萎黄，有许多文艺家向新的山崩地塌般的大波冲进去，而仍被吞没，或者受伤。被吞没的消灭了；受伤的生活着，开拓着自己的生活，唱着苦痛和愉悦之歌。待到这些逝去了，于是现出一个较新的新时代，产出更新的文艺来。

中国自民元革命以来，所谓文艺家，没有萎黄的，也没有受伤的，自然更没有消灭，也没有苦痛和愉悦之歌。这就是因为没有新的山崩地塌般的大波，也就是因为没有革命。

七月八日

上午，往伊东医士寓去补牙，等在客厅里，有些无聊。四壁只挂着一幅织出的画和两副对，一副是江朝宗的，一副是王芝祥的。署名之下，各有两颗印，一颗是姓名，一颗是头衔；江的是"迪威将军"，王的是"佛门弟子"。

午后，密斯高来，适值毫无点心，只得将宝藏着的搽嘴角生疮有效的柿霜糖装在碟子里拿出去。我时常有点心，有客来便请他吃点心；最初是"密斯"和"密斯得"一视同仁，但密斯得有时委实利害，往往吃得很彻底，一个不留，我自己倒反有"向隅"之感。如果想吃，又须出去买来。于是很有戒心了，只得改变方针，有万不得已时，则以落花生代之。这一著很有效，总是吃得不多，既然吃不多，我便开始敦劝了，有时竟劝得怕吃落花生如织芳之流，至于因此逡巡逃走。从去年夏天发明了这一种花生政策以后，至今还在继续厉行。但密斯们却不在此限，她们的胃似乎比他们要小五分之四，或者消化力要弱到十分之八，很小的一个点心，也大抵要留下一半，倘是一片糖，就剩下一角。拿出来陈列片时，吃去一点，于我的损失是极微的，"何必改作"？

密斯高是很少来的客人，有点难于执行花生政策。恰巧又没有别的点心，只好献出柿霜糖去了。这是远道携来的名糖，当然可以见得郑重。

我想，这糖不大普通，应该先说明来源和功用。但是，密斯高却已经一目了然了。她说：这是出在河南汜水县的；用柿霜做成。颜色最好是深黄；倘是淡黄，那便不是纯柿霜。这很凉，如果嘴角这些地方生疮的时候，便含着，使它渐渐从嘴角流出，疮就好了。

她比我耳食所得的知道得更清楚，我只好不作声，而且这时才记起她是河南人。请河南人吃几片柿霜糖，正如请我喝一小杯黄酒一样，真可谓"其愚不可及也"。

茭白的心里有黑点的，我们那里称为灰茭，虽是乡下人也不愿意吃，北京却用在大酒席上。卷心白菜在北京论斤论车地卖，一到南边，便根上系着绳，倒挂在水果铺子的门前了，买时论两，或者半株，用处是放在阔气的火锅中，或者给鱼翅垫底。但假如有谁在北京特地请我吃灰茭，或北京人到南边时请他吃煮白菜，则即使不至于称为"笨伯"，也未免有些乖张罢。

但密斯高居然吃了一片，也许是聊以敷衍主人的面子的。到晚上我空口坐着，想：这应该请河南以外的别省人吃的，一面想，一面吃，不料这样就吃完了。

凡物总是以希为贵。假如在欧美留学，毕业论文最好是讲李太白，杨朱，张三；研究萧伯讷，威尔士就不大妥当，何况但丁之类。《但丁传》的作者跋忒莱尔（A.J.Butler）就说关于但丁的文献实在看不完。待到回了中国，可就可以讲讲萧伯讷，威尔士，甚而至于莎士比亚了。何年何月自己曾在曼殊斐儿墓前痛哭，何月何日何时曾在何处和法兰斯点头，他还拍着自己的肩头说道：你将来要有些像我的！至于"四书""五经"之类，在本地似乎究以少谈为是。虽然夹些"流言"在内，也未必便于"学理和事实"有妨。

题注：

本篇最初连续发表于 1926 年 7 月 19 日、23 日《世界日报副刊》。收入《华盖集续编》。本篇共两天的日记，时间分别为 7 月 7 日、7 月 8 日。早在 1926 年鲁迅和未名社同人就翻译介绍苏俄文学。本文提到的素园，即韦素园（1902—1932），安徽霍丘人，北京大学毕业，译有果戈理的《外套》等俄罗斯文学作品。鲁迅在第一天的日记里谈到毕力涅克（通译为皮涅克）等苏联作家，以及作为"未名丛刊"之一的任国桢翻译的《苏俄的文艺论战》，显示他对革命时代文学的关心和期望。在第二天的日记里他辛辣讽刺了《现代评论》派文人借欧美作家抬高自己身价的种种言行。

记"发薪"

下午，在中央公园里和 C 君做点小工作，突然得到一位好意的老同事的警报，说，部里今天发给薪水了，计三成；但必须本人亲身去领，而且须在三天以内。

否则？

否则怎样，他却没有说。但这是"洞若观火"的，否则，就不给。

只要有银钱在手里经过，即使并非檀越的布施，人是也总爱逞逞威风的，要不然，他们也许要觉到自己的无聊，渺小。明明有物品去抵押，当铺却用这样的势利脸和高柜台；明明用银元去换铜元，钱摊却帖着"收买现洋"的纸条，隐然以"买主"自命。钱票当然应该可以到负责的地方去换现钱，而有时却规定了极短的时间，还要领签，排班，等候，受气；军警督压着，手里还有国粹的皮鞭。

不听话么？不但不得钱，而且要打了！

我曾经说过，中华民国的官，都是平民出身，并非特别种族。虽然高尚的文人学士或新闻记者们将他们看作异类，以为比自己格外奇怪，可鄙可嗤；然而从我这几年的经验看来，却委实不很特别，一切脾气，却与普通的同胞差不多，所以一到经手银钱的时候，也还是照例有一点借此威风一下的嗜好。

"亲领"问题的历史，是起源颇古的，中华民国十一年，就因此引起过方玄绰的牢骚，我便将这写了一篇《端午节》。但历史虽说如同螺旋，却究竟并非印板，所以今之与昔，也还是小有不同。在昔盛世，主张"亲领"的是"索薪会"——呜呼，这些专门名词，恕我不暇一一解释了，而且纸张也可惜。——的骁将，昼夜奔走，向国务院呼号，向财政部坐讨，一旦到手，对于没有一同去索的人的无功受禄，心有不甘，用此给吃一点小苦头的。其意若曰，这钱是我们讨来的，就同我们的一样；你要，必得到这里来领布施。你看施衣施粥，有施主亲自送到受惠者的家里去的么？

然而那是盛世的事。现在是无论怎么"索"，早已一文也不给了，如果偶然"发薪"，那是意外的上头的嘉惠，和什么"索"丝毫无关。不过临时发布"亲领"命令的施主却还有，只是已非善于索薪的骁将，而是天天"画到"，未曾另谋生活的"不贰之臣"了。所以，先前的"亲领"是对于没有同去索薪的人们的罚，现在的"亲领"是对于不能空着肚子，天天到部的人们的罚。

但这不过是一个大意，此外的事，倘非身临其境，实在有些说不清。譬如一碗酸辣汤，耳闻口讲的，总不如亲自呷一口的明白。近来有几个心怀叵测的名人间接忠告我，说我去年作文，专和几个人闹意见，不再论及文学艺术，天下国家，是可惜的。殊不知我近来倒是明白了，身历其境的小事，尚且参不透，说不清，更何况那些高尚伟大，不甚了然的事业？我现在只能说说较为切己的私事，至于冠冕堂皇如所谓"公理"之类，就让公理专家去消遣罢。

总之，我以为现在的"亲领"主张家，已颇不如先前了，这就是

"孤桐先生"之所谓"每况愈下"。而且便是空牢骚如方玄绰者，似乎也已经很寥寥了。

"去！"我一得警报，便走出公园，跳上车，径奔衙门去。

一进门，巡警就给我一个立正举手的敬礼，可见做官要做得较大，虽然阔别多日，他们也还是认识的。到里面，不见什么人，因为办公时间已经改在上午，大概都已亲领了回家了。觅得一位听差，问明了"亲领"的规则，是先到会计科去取得条子，然后拿了这条子，到花厅里去领钱。

就到会计科，一个部员看了一看我的脸，便翻出条子来。我知道他是老部员，熟识同人，负着"验明正身"的重大责任的；接过条子之后，我便特别多点了两个头，以表示告别和感谢之至意。

其次是花厅了，先经过一个边门，只见上帖纸条道："丙组"，又有一行小注是"不满百元"。我看自己的条子上，写的是九十九元，心里想，这真是"人生不满百，常怀千岁忧。……"同时便直撞进去。看见一个和我差不多大的官，说道这"不满百元"是指全俸而言，我的并不在这里，是在里间。

就到里间，那里有两张大桌子，桌旁坐着几个人，一个熟识的老同事就招呼我了；拿出条子去，签了名，换得钱票，总算一帆风顺。这组的旁边还坐着一位很胖的官，大概是监督者，因为他敢于解开了官纱——也许是纺绸，我不大认识这些东西——小衫，露着胖得拥成折叠的胸肚，使汗珠雍容的越过了折叠往下流。

这时我无端有些感慨，心里想，大家现在都说"灾官""灾官"，殊不知"心广体胖"的还不在少呢。便是两三年前教员正嚷索薪的时候，学校的教员豫备室里也还有人因为吃得太饱了，咳的一声，胃中的气体从嘴里反叛出来。

走出外间，那一位和我差不多大的官还在，便拉住他发牢骚。

"你们怎么又闹这些玩艺儿了？"我说。

"这是他的意思……。"他和气地回答，而且笑嘻嘻的。

"生病的怎么办呢？放在门板上抬来么？"

"他说：这些都另法办理……。"

我是一听便了然的，只是在"门——衙门之门——外汉"怕不易懂，最好是再加上一点注解。这所谓"他"者，是指总长或次长而言。此时虽然似乎所指颇蒙胧，但再掘下去，便可以得到指实，但如果再掘下去，也许又要更蒙胧。总而言之，薪水既经到手，这些事便应该"适可而止，毋贪心也"的，否则，怕难免有些危机。即如我的说了这些话，其实就已经不大妥。

于是我退出花厅，却又遇见几个旧同事，闲谈了一回。知道还有"戊组"，是发给已经死了的人的薪水的，这一组大概无须"亲领"。又知道这一回提出"亲领"律者，不但"他"，也有"他们"在内。所谓"他们"者，粗粗一听，很像"索薪会"的头领们，但其实也不然，因为衙门里早就没有什么"索薪会"，所以这一回当然是别一批新人物了。

我们这回"亲领"的薪水，是中华民国十三年二月份的。因此，事前就有了两种学说。一，即作为十三年二月的薪水发给。然而还有新来的和新近加俸的呢，可就不免有向隅之感。于是第二种新学说自然起来：不管先前，只作为本年六月份的薪水发给。不过这学说也不大妥，只是"不管先前"这一句，就很有些疵病。

这个办法，先前也早有人苦心经营过。去年章士钊将我免职之后，自以为在地位上已经给了一个打击，连有些文人学士们也喜得手舞足蹈。然而他们究竟是聪明人，看过"满床满桌满地"的德文书的，即刻又悟到我单是抛了官，还不至于一败涂地，因为我还可以得欠薪，在北京生活。于是他们的司长刘百昭便在部务会议席上提出，要不发欠薪，何月领来，便作为何月的薪水。这办法如果实行，我的受打击是颇大的，因为就受着经济的迫压。然而终于也没有通过。那致命伤，就在"不管先前"上；而刘百昭们又不肯自称革命党，主张不管什么，都从新来一回。

所以现在每一领到政费，所发的也还是先前的钱；即使有人今年不在北京了，十三年二月间却在，实在也有些难于说是现今不在，连那时的曾经在此也不算了。但是，既然又有新的学说起来，总得采纳一点，这采纳一点，也就是调和一些。因此，我们这回的收条上，年月是十三年二月的，钱的数目是十五年六月的。

这么一来，既然并非"不管先前"，而新近升官或加俸的又可以多得一点钱，可谓比较的周到。于我是无益也无损，只要还在北京，拿得出"正身"来。

翻开我的简单日记一查，我今年已经收了四回俸钱了：第一次三元；第二次六元；第三次八十二元五角，即二成五，端午节的夜里收到的；第四次三成，九十九元，就是这一次。再算欠我的薪水，是大约还有九千二百四十元，七月份还不算。

我觉得已是一个精神上的财主；只可惜这"精神文明"是不很可靠的，刘百昭就来动摇过。将来遇见善于理财的人，怕还要设立一个"欠薪整理会"，里面坐着几个人物，外面挂着一块招牌，使凡有欠薪的人们都到那里去接洽。几天或几月之后，人不见了，接着连招牌也不见了；于是精神上的财主就变了物质上的穷人了。

但现在却还的确收了九十九元，对于生活又较为放心，趁闲空来发一点议论再说。

七月二十一日。

题注：

  本篇最初发表于 1926 年 8 月 10 日北京《莽原》半月刊第十五期。收入《华盖集续编》。政局不稳，导致北洋军阀政府公教人员的薪水长年拖欠不发，教职员生活处于极端贫困之中。为此各部各单位的中下级公教人员均组织"索薪会""索薪团"，向国务院、财政部和本部门长官索讨欠薪。鲁迅也曾参加索薪，1921 年 10 月 24 日的鲁迅日记载："下午往午门索薪水。"本篇叙述去"亲领"薪水的见闻，也提到一些官员的手段，顺便讽刺了章士钊、刘百昭企图用经济压迫来打击对手。

上海通信（致李小峰）

小峰兄：

　　别后之次日，我便上车，当晚到天津。途中什么事也没有，不过刚出天津车站，却有一个穿制服的，大概是税吏之流罢，突然将我的提篮拉住，问道"什么？"我刚答说"零用什物"时，他已经将篮摇了两摇，扬长而去了。幸而我的篮里并无人参汤榨菜汤或玻璃器皿，所以毫无损失，请勿念。

　　从天津向浦口，我坐的是特别快车，所以并不嚣杂，但挤是挤的。我从七年前护送家眷到北京以后，便没有坐过这车；现在似乎男女分坐了，间壁的一室中本是一男三女的一家，这回却将男的逐出，另外请进一个女的去。将近浦口，又发生一点小风潮，因为那四口的一家给茶房的茶资太少了，一个长壮伟大的茶房便到我们这里来演说，"使之闻之"。其略曰：钱是自然要的。一个人不为钱为什么？然而自己只做茶房图几文茶资，是因为良心还在中间，没有到这边（指腋下介）去！自己也还能卖掉田地去买枪，招集了土匪，做个头目；好好地一玩，就可以升官，发财了。然而良心还在这里（指胸骨介），所以甘心做茶房，赚点小钱，给儿女念念书，将来好好过活。……但，如果太给自己下不去了，什么不是人做的事要做也会做出来！我们一堆共有六个人，谁也没有反驳他。听说后来是添了一块钱完事。

我并不想步勇敢的文人学士们的后尘，在北京出版的周刊上斥骂孙传芳大帅。不过一到下关，记起这是投壶的礼义之邦的事来，总不免有些滑稽之感。在我的眼睛里，下关也还是七年前的下关，无非那时是大风雨，这回却是晴天。赶不上特别快车了，只好趁夜车，便在客寓里暂息。挑夫（即本地之所谓"夫子"）和茶房还是照旧地老实；板鸭，插烧，油鸡等类，也依然价廉物美。喝了二两高粱酒，也比北京的好。这当然只是"我以为"；但也并非毫无理由：就因为它有一点生的高粱气味，喝后合上眼，就如身在雨后的田野里一般。

正在田野里的时候，茶房来说有人要我出去说话了。出去看时，是几个人和三四个兵背着枪，究竟几个，我没有细数；总之是一大群。其中的一个说要看我的行李。问他先看那一个呢？他指定了一个麻布套的皮箱。给他解了绳，开了锁，揭开盖，他才蹲下去在衣服中间摸索。摸索了一会，似乎便灰心了，站起来将手一摆，一群兵便都"向后转"，往外走出去了。那指挥的临走时还对我点点头，非常客气。我和现任的"有枪阶级"接洽，民国以来这是第一回。我觉得他们倒并不坏；假使他们也如自称"无枪阶级"的善造"流言"，我就要连路也不能走。

向上海的夜车是十一点钟开的，客很少，大可以躺下睡觉，可惜椅子太短，身子必须弯起来。这车里的茶是好极了，装在玻璃杯里，色香味都好，也许因为我喝了多年井水茶，所以容易大惊小怪了罢，然而大概确是很好的。因此一共喝了两杯，看看窗外的夜的江南，几乎没有睡觉。

在这车上，才遇见满口英语的学生，才听到"无线电""海底电"

这类话。也在这车上，才看见弱不胜衣的少爷，绸衫尖头鞋，口嗑南瓜子，手里是一张《消闲录》之类的小报，而且永远看不完。这一类人似乎江浙特别多，恐怕投壶的日子正长久哩。

现在是住在上海的客寓里了；急于想走。走了几天，走得高兴起来了，很想总是走来走去。先前听说欧洲有一种民族，叫作"吉柏希"的，乐于迁徙，不肯安居，私心窃以为他们脾气太古怪，现在才知道他们自有他们的道理，倒是我胡涂。

这里在下雨，不算很热了。

鲁迅。八月三十日，上海。

题注：

本篇最初发表于 1926 年 10 月 2 日《语丝》周刊第九十九期。收入《华盖集续编》。1926 年 8 月 26 日鲁迅应林语堂之邀，离开北京，前往厦门，到厦门大学任教，途经天津、浦口，8 月 29 日抵达上海，9 月 2 日离开上海继续南下。在上海期间鲁迅与出版界、文化界朋友会晤。这封给北新书局老板李小峰的信叙述了一路的所见所闻，如火车上实行"男女分坐"、茶房强索小费等。

厦门通信（二）

小峰兄：

《语丝》百一和百二期，今天一同收到了。许多信件一同收到，在这里是常有的事，大约每星期有两回。我看了这两期的《语丝》特别喜欢，恐怕是因为他们已经超出了一百期之故罢。在中国，几个人组织的刊物要出到一百期，实在是不容易的。

我虽然在这里，也常想投稿给《语丝》，但是一句也写不出，连"野草"也没有一茎半叶。现在只是编讲义。为什么呢？这是你一定了然的：为吃饭。吃了饭为什么呢？倘照这样下去，就是为了编讲义。吃饭是不高尚的事，我倒并不这样想。然而编了讲义来吃饭，吃了饭来编讲义，可也觉得未免近于无聊。别的学者们教授们又作别论，从我们平常人看来，教书和写东西是势不两立的，或者死心塌地地教书，或者发狂变死地写东西，一个人走不了方向不同的两条路。

忽然记起一件事来了，还是夏天罢，《现代评论》上仿佛曾有正人君子之流说过：因为骂人的小报流行，正经的文章没有人看，也不能印了。我很佩服这些学者们的大才。不知道你可能替我调查一下，他们有多少正经文章的稿子"藏于家"，给我开一个目录？但如果是讲义，或者什么民法八万七千六百五十四条之类，那就不必开，我不要看。

今天又接到漱园兄的信，说北京已经结冰了。这里却还只穿一件夹衣，怕冷就晚上加一件棉背心。宋玉先生的什么"皇天平分四时兮窃独悲此廪秋，白露既下百草兮奄离披此梧楸"等类妙文，拿到这里来就完全是"无病呻吟"。白露不知可曾"下"了百草，梧楸却并不离披，景象大概还同夏末相仿。我的住所的门前有一株不认识的植物，开着秋葵似的黄花。我到时就开着花的了，不知道他是什么时候开起的；现在还开着；还有未开的蓓蕾，正不知道他要到什么时候才肯开完。"古已有之"，"于今为烈"，我近来很有些怕敢看他了。还有鸡冠花，很细碎，和江浙的有些不同，也红红黄黄地永是这样一盆一盆站着。

我本来不大喜欢下地狱，因为不但是满眼只有刀山剑树，看得太单调，苦痛也怕很难当。现在可又有些怕上天堂了。四时皆春，一年到头请你看桃花，你想够多么乏味？即使那桃花有车轮般大，也只能在初上去的时候，暂时吃惊，决不会每天做一首"桃之夭夭"的。

然而荷叶却早枯了；小草也有点萎黄。这些现象，我先前总以为是所谓"严霜"之故，于是有时候对于那"廪秋"不免口出怨言，加以攻击。然而这里却没有霜，也没有雪，凡萎黄的都是"寿终正寝"，怪不得别个。呜呼，牢骚材料既被减少，则又有何话之可说哉！

现在是连无从发牢骚的牢骚，也都发完了。再谈罢。从此要动手编讲义。

鲁迅。十一月七日。

题注:

本篇最初发表于 1926 年 11 月 27 日《语丝》周刊第一〇七期。收入《华盖集续编的续编》。在这封信里,鲁迅写道,一方面对《语丝》出版到一百多期感到高兴,另一方面到厦门后两个月,感到了环境的寂寞和单调,感到只是教书谋生未免无聊,认为"写东西和教书是势不两立的"。这封信写于 11 月 7 日,收信人是在北京的北新书局老板李小峰。11 月 8 日鲁迅在给许广平信中说:"昨天在信上发了一通牢骚后,又给《语丝》做了一点《厦门通信》,牢骚已经发完,舒服得多了。"

厦门通信（三）

小峰兄：

　　二十七日寄出稿子两篇，想已到。其实这一类东西，本来也可做可不做，但是一则因为这里有几个少年希望我耍几下，二则正苦于没有文章做，所以便写了几张，寄上了。本地也有人要我做一点批评厦门的文字，然而至今一句也没有做，言语不通，又不知各种底细，从何说起。例如这里的报纸上，先前连日闹着"黄仲训霸占公地"的笔墨官司，我至今终于不知道黄仲训何人，曲折怎样，如果竟来批评，岂不要笑断真的批评家的肚肠。但别人批评，我是不妨害的。以为我不准别人批评者，诬也；我岂有这么大的权力。不过倘要我做编辑，那么，我以为不行的东西便不登，我委实不大愿意做一个莫名其妙的什么运动的傀儡。

　　前几天，卓治睁大着眼睛对我说，别人胡骂你，你要回骂。还有许多人要看你的东西，你不该默不作声，使他们迷惑。你现在不是你自己的了。我听了又打了一个寒噤，和先前听得有人说青年应该学我的多读古文时候相同。呜呼，一戴纸冠，遂成公物，负"帮忙"之义务，有回骂之必须，然则固不如从速坍台，还我自由之为得计也。质

128

之高明，未识以为然否？

今天也遇到了一件要打寒噤的事。厦门大学的职务，我已经都称病辞去了。百无可为，溜之大吉。然而很有几个学生向我诉苦，说他们是看了厦门大学革新的消息而来的，现在不到半年，今天这个走，明天那个走，叫他们怎么办？这实在使我夹脊梁发冷，哑口无言。不料"思想界权威者"或"思想界先驱者"这一顶"纸糊的假冠"，竟又是如此误人子弟。几回广告（却并不是我登的），将他们从别的学校里骗来，而结果是自己倒跑掉了，真是万分抱歉。我很怅惜没有人在北京早做黑幕式的记事，将学生们拦住。"见面时一谈，不见时一战"哲学，似乎有时也很是误人子弟的。

你大约还不知道底细，我最初的主意，倒的确想在这里住两年，除教书之外，还希望将先前所集成的《汉画象考》和《古小说钩沈》印出。这两种书自己印不起，也不敢请你印。因为看的人一定很少，折本无疑，惟有有钱的学校才合适。及至到了这里，看看情形，我便将印《汉画象考》的希望取消，并且自己缩短年限为一年。其实是已经可以走了，但看着语堂的勤勉和为故乡做事的热心，我不好说出口。后来豫算不算数了，语堂力争；听说校长就说，只要你们有稿子拿来，立刻可以印。于是我将稿子拿出去，放了大约至多十分钟罢，拿回来了，从此没有后文。这结果，不过证明了我确有稿子，并不欺骗。那时我便将印《古小说钩沈》的意思也取消，并且自己再缩短年限为半年。语堂是除办事教书之外，还要防暗算，我看他在不相干的事情上，弄得力尽神疲，真是冤枉之至。

前天开会议，连国学院的周刊也几乎印不成了；然而校长的意思，却要添顾问，如理科主任之流，都是顾问，据说是所以连络感情的。我真不懂厦门的风俗，为什么研究国学，就会仿理科主任之流的感情，而必用顾问的绳，将他络住？联络感情法我没有研究过；兼士又已辞职，所以我决计也走了。现在去放假不过三星期，本来暂停也无妨，然而这里对于教职员的薪水，有时是锱铢必较的，离开学校十来天也想扣，所以我不想来沾放假中的薪水的便宜，至今天止，扣足一月。昨天已经出题考试，作一结束了。阅卷当在下月，但是不取分文。看完就走，刊物请暂勿寄来，待我有了驻足之所，当即函告，那时再寄罢。

临末，照例要说到天气。所谓例者，我之例也；怕有批评家指为我要勒令天下青年都照我的例，所以特此声明：并非如此。天气，确已冷了。草也比先前黄得多；然而我那门前的秋葵似的黄花却还在开着，山里也还有石榴花。苍蝇不见了，蚊子间或有之。

夜深了，再谈罢。

> 鲁迅。十二月三十一日。

再：睡了一觉醒来，听到柝声，已经是五更了。这是学校的新政，上月添设，更夫也不止一人。我听着，才知道各人的打法是不同的，声调最分明地可以区别的有两种——

托，托，托，托托！

托，托，托托！托。

打更的声调也有派别，这是我先前所不知道的。并以奉告，当作一件新闻。

题注：

本篇最初发表于 1927 年 1 月 15 日《语丝》周刊第一一四期。收入《华盖集续编的续编》。鲁迅到厦门大学，原来准备任教两年，后来改为一年，又改为半年，结果不足 4 个月就辞职了。在这封给李小峰的信里，鲁迅告知自己已经辞职，并提到厦门大学的一些情况和他离去的原因。1927 年 1 月 29 日上海《北新》第 23 期发表厦大学生卓治的《鲁迅是这样走的》文章，回忆厦大校长等人对鲁迅的研究出版项目敷衍了事，在生活上也给麻烦，使鲁迅常常感到"头痛"，对学校当局绝望，最终导致他辞职。

关于知识阶级

我到上海约二十多天，这回来上海并无什么意义，只是跑来跑去偶然跑到上海就是了。

我没有什么学问和思想，可以贡献给诸君。但这次易先生要我来讲几句话；因为我去年亲见易先生在北京和军阀官僚怎样奋斗；而且我也参与其间，所以他要我来，我是不得不来的。

我不会讲演，也想不出什么可讲的，讲演近于做八股，是极难的，要有讲演的天才才好，在我是不会的。终于想不出什么，只能随便一谈；刚才谈起中国情形，说到"知识阶级"四字，我想对于知识阶级发表一点个人的意见，只是我并不是站在引导者的地位，要诸君都相信我的话，我自己走路都走不清楚，如何能引导诸君？

"知识阶级"一辞是爱罗先珂（V.Eroshenko）七八年前讲演"知识阶级及其使命"时提出的，他骂俄国的知识阶级，也骂中国的知识阶级，中国人于是也骂起知识阶级来了；后来便要打倒知识阶级，再利害一点甚至于要杀知识阶级了。知识就仿佛是罪恶，但是一方面虽有人骂知识阶级；一方面却又有人以此自豪：这种情形是中国所特有的，所谓俄国的知识阶级，其实与中国的不同，俄国当革命以前，社会上还欢迎知识阶级。为什么要欢迎呢？因为他确能替平民抱不平，把平民的苦痛告诉大众。他为什么能把平民的苦痛说出来？因为他与平民接近，或自身就是平民。几年前有一位中国大学教授，他很奇怪，为什么有人要描写一个车夫的事情，这就因为大学教授一向住在高大的洋房里，不明白平民的生活。欧洲的著作家往往是平民出身，（欧洲人虽出身穷苦，也能做文章；这因为他们的文字容易写，中国的文字却不容易写了。）所以也同样的感受到平民的苦痛，当然能痛痛快快写出来为平民说话，因此平民以为知识阶级对于自身是有益的；于是赞成他，到处都欢迎他，但是他们既受此荣誉，地位就增高了，而同时却把平民忘记了，变成一种特别的阶级。那时他们自以为了不得，到阔人家里去宴会，钱也多了，房子东西都要好的，终于与平民远远的离开了。他享受了高贵的生活，就记不起从前一切的贫苦生活了。——所以请诸位不要拍手，拍了手把我的地位一提高，我就要忘记了说话的。他不但不同情于平民，或许还要压迫平民，以致变成了平民的敌人，现在贵族阶级不能存在；贵族的知识阶级当然也不能站住了，这是知识阶级缺点之一。

还有知识阶级不可免避的运命，在革命时代是注重实行的，动的；思想还在其次，直白地说：或者倒有害。至少我个人的意见如此的。唐朝奸臣李林甫有一次看兵操练很勇敢，就有人对着他称赞。他说："兵好是好，可是无思想"，这话很不差。因为兵之所以勇敢，就在没有思想，要是有了思想，就会没有勇气了。现在倘叫我去当兵，要我去革命，我一定不去，因为明白了利害是非，就难于实行了。有知识的人，讲讲柏拉图（Plato）讲讲苏格拉底（Socrates）是不会有危险的。讲柏拉图可以讲一年，讲苏格拉底可以讲三年，他很可以安安稳稳地活下去，但要他去干危险的事情，那就很费踌躇。譬如中国人，凡是做文章，总说"有利然而又有弊"，这最足以代表知识阶级的思想。其实无论什么都是有弊的，就是吃饭也是有弊的，它能滋养我们这方面是有利的；但是一方面使我们消化器官疲乏，那就不好而有弊了。假使做事要面面顾到，那就什么事都不能做了。

还有，知识阶级对于别人的行动，往往以为这样也不好，那样也不好。先前俄国皇帝杀革命党，他们反对皇帝；后来革命党杀皇族，他们也起来反对。问他怎么才好呢？他们也没办法。所以在皇帝时代他们吃苦，在革命时代他们也吃苦，这实在是他们本身的缺点。

所以我想，知识阶级能否存在还是个问题。知识和强有力是冲突的，不能并立的；强有力不许人民有自由思想，因为这能使能力分散，在动物界有很明显的例；猴子的社会是最专制的，猴王说一声走，猴子都走了。在原始时代酋长的命令是不能反对的，无怀疑的，在那时酋长带领着群众并吞衰小的部落；于是部落渐渐的大了，团体也大了。一个人就不能支配了。因为各个人思想发达了，各人的思想不一，民族的思想就不能统一，于是命令不行，团体的力量减小，而渐趋灭亡。在古时野蛮民族常侵略文明很发达的民族，在历史上是常见的。现在知识阶级在国内的弊病，正与古时一样。

英国罗素（Russel）法国罗曼罗兰（R.Rolland）反对欧战，大家以为他们了不起，其实幸而他们的话没有实行，否则德国早已打进英国和法国了；因为德国如不能同时实行非战，是没有办法的。俄国托尔斯泰（Tolstoi）的无抵抗主义之所以不能实行，也是这个原因。他不主张以恶报恶的，他的意思是皇帝叫我们去当兵，我们不去当兵，叫警察去捉，他不捉；叫刽子手去杀，他不去杀，大家都不听皇帝的命令，他也没有兴趣；那末做皇帝也无聊起来，天下也就太平了。然而如果一部分的人偏听皇帝的话，那就不行。

我从前也很想做皇帝，后来在北京去看到宫殿的房子都是一个刻板的格式，觉得无聊极了。所以我皇帝也不想做了。做人的趣味在和许多朋友有趣的谈天，热烈的讨论。做了皇帝，口出一声，臣民都下跪，只有不绝声的——Yes，Yes，那有什么趣味？但是还有人做皇帝，因为他和外界隔绝，不知外面还有世界！

总之，思想一自由，能力要减少，民族就站不住，他的自身也站不住了。现在思想自由和生存还有冲突，这是知识阶级本身的缺点。

然而知识阶级将什么样呢？还是在指挥刀下听令行动，还是发表倾向民众的思想呢？要是发表意见，就要想到什么就说什么。真的知识阶级是不顾利害的，如想到种种利害，就是假的，冒充的知识阶级；只是假知识阶级的寿命倒比较长一点。像今天发表这个主张，明天发表那个意见的人，思想似乎天天在进步；只是真的知识阶级的进步，决不能如此快的。不过他们对于社会永不会满意的，所感受的永远是痛苦，所看到的永远是缺点，他们预备着将来的牺牲，社会也因为有了他们而热闹，不过他的本身——心身方面总是苦痛的；因为这也是旧式社会传下来的遗物。至于诸君，是与旧的不同，是二十世纪初叶青年，如在劳动大学一方读书，一方做工，这是新的境遇；或许可以造成新的局面，但是环境还是老样子，着着逼人堕落，倘不与这老社会奋斗，还是要回到老路上去的。

譬如从前我在学生时代不吸烟，不吃酒，不打牌，没有一点嗜好；后来当了教员，有人发传单说我抽鸦片。我很气，但并不辩明，为要报复他们，前年我在陕西就真的抽一回鸦片，看他们怎样？此次来上海有人在报纸上说我来开书店；又有人说我每年版税有一万多元。但是我也并不辩明；但曾经自己想，与其负空名，倒不如真的去赚这许多进款。

还有一层，最可怕的情形，就是比较新的思想运动起来时，如与社会无关，作为空谈，那是不要紧的，这也是专制时代所以能容知识阶级存在的原故。因为痛哭流泪与实际是没有关系的，只是思想运动变成实际的社会运动时，那就危险了。往往反为旧势力所扑灭。中国现在也是如此，这现象，革新的人称之为"反动"。我在文艺史上，却找到一个好名辞，就是 Renaissance，在意大利文艺复兴的意义，是把古时好的东西复活，将现存的坏的东西压倒，因为那时候思想太专制腐败了，在古时代确实有些比较好的；因此后来得到了社会上的信仰。现在中国顽固派的复古，把孔子礼教都拉出来了，但是他们拉出来的是好的么？如果是不好的，就是反动，倒退，以后恐怕是倒退的时代了。

　　还有，中国人现在胆子格外小了，这是受了共产党的影响。人一听到俄罗斯，一看见红色，就吓得一跳；一听到新思想，一看到俄国的小说，更其害怕，对于较特别的思想，较新思想尤其丧心发抖，总要仔仔细细底想，这有没有变成共产党思想的可能性？！这样的害怕，一动也不敢动，怎样能够有进步呢？这实在是没有力量的表示，比如我们吃东西，吃就吃，若是左思右想，吃牛肉怕不消化，喝茶时又要怀疑，那就不行了，——老年人才是如此；有力量，有自信力的人是不至于此的。虽是西洋文明罢，我们能吸收时，就是西洋文明也变成我们自己的了。好像吃牛肉一样，决不会吃了牛肉自己也即变成牛肉的，要是如此胆小，那真是衰弱的知识阶级了，不衰弱的知识阶级，尚且对于将来的存在不能确定；而衰弱的知识阶级是必定要灭亡的。从前或许有，将来一定不能存在的。

　　现在，比较安全一点的，还有一条路，是不做时评而做艺术家。要为艺术而艺术。住在"象牙之塔"里，目下自然要比别处平安。就我自己来说罢，——有人说我只会讲自己，这是真的。我先前独自住在厦门大学的一所静寂的大洋房里；到了晚上，我总是孤思默想，想到一切，想到世界怎样，人类怎样，我静静地思想时，自己以为很了不得的样子；但是给蚊子一咬，跳了一跳，把世界人类的大问题全然忘了，离不开的还是我本身。

就我自己说起来，是早就有人劝我不要发议论，不要做杂感，你还是创作去吧！因为做了创作在世界史上有名字，做杂感是没有名字的。其实就是我不做杂感，世界史上，还是没有名字的，这得声明一句，是：这些劝我做创作，不要写杂感的人们之中，有几个是别有用意，是被我骂过的。所以要我不再做杂感。但是我不听他，因此在北京终于站不住了，不得不躲到厦门的图书馆上去了。

艺术家住在象牙塔中，固然比较地安全，但可惜还是安全不到底。秦始皇，汉武帝想成仙，终于没有成功而死了。危险的临头虽然可怕，但别的运命说不定，"人生必死"的运命却无法逃避，所以危险也仿佛用不着害怕似的。但我并不想劝青年得到危险，也不劝他人去做牺牲，说为社会死了名望好，高巍巍的镌起铜像来。自己活着的人没有劝别人去死的权利，假使你自己以为死是好的，那末请你自己先去死吧。诸君中恐有钱人不多罢。那末，我们穷人唯一的资本就是生命。以生命来投资，为社会做一点事，总得多赚一点利才好；以生命来做利息很小的牺牲，是不值得的。所以我从来不叫人去牺牲，但也不要再爬进象牙之塔和知识阶级里去了，我以为这是最稳当的一条路。

至于有一班从外国留学回来，自称知识阶级，以为中国没有他们就要灭亡的，却不在我所论之内，像这样的知识阶级，我还不知道是些什么东西？！

今天的说话很没有伦次，望诸君原谅！

题注：

    本篇最初发表于上海《国立劳动大学周刊》第五期（1927年11月）。初未收集。劳动大学为一所半工半读学校，1927年创办于上海江湾。校长易培基与鲁迅在北京时相熟。1927年10月25日，鲁迅应易培基邀请往劳动大学演讲约一小时，本篇即演讲的记录稿，由黄源记录，发表前经过鲁迅校改。关于这次演讲的情况，据当时该校学生杜力夫回忆："十月下旬的一天下午，天气温暖如春，大礼堂坐满了学生和教员，人们的眼睛朝门口或窗外，期待着鲁迅先生的到来。二时许，易培基伴着鲁迅走进礼堂，人们立即站起来，掌声雷动。"（杜力夫：《永不磨灭的印象》,《人民日报》1961年10月19日）

看司徒乔君的画

　　我知道司徒乔君的姓名还在四五年前，那时是在北京，知道他不管功课，不寻导师，以他自己的力，终日在画古庙，土山，破屋，穷人，乞丐……。

　　这些自然应该最会打动南来的游子的心。在黄埃漫天的人间，一切都成土色，人于是和天然争斗，深红和绀碧的栋宇，白石的栏干，金的佛像，肥厚的棉袄，紫糖色脸，深而多的脸上的皱纹……。凡这些，都在表示人们对于天然并不降服，还在争斗。

　　在北京的展览会里，我已经见过作者表示了中国人的这样的对于天然的倔强的魂灵。我曾经得到他的一幅"四个警察和一个女人"。现在还记得一幅"耶稣基督"，有一个女性的口，在他荆冠上接吻。

　　这回在上海相见，我便提出质问：

　　"那女性是谁？"

　　"天使，"他回答说。

　　这回答不能使我满足。

　　因为这回我发现了作者对于北方的景物——人们和天然苦斗而成的景物——又加以争斗，他有时将他自己所固有的明丽，照破黄埃。

至少，是使我觉得有"欢喜"（Joy）的萌芽，如胁下的矛伤，尽管流血，而荆冠上却有天使——照他自己所说——的嘴唇。无论如何，这是胜利。

后来所作的爽朗的江浙风景，热烈的广东风景，倒是作者的本色。和北方风景相对照，可以知道他挥写之际，盖谂熟而高兴，如逢久别的故人。但我却爱看黄埃，因为由此可见这抱着明丽之心的作者，怎样为人和天然的苦斗的古战场所惊，而自己也参加了战斗。

中国全土必须沟通。倘将来不至于割据，则青年的背着历史而竭力拂去黄埃的中国彩色，我想，首先是这样的。

一九二八年三月十四日夜，于上海。

题注：

本篇最初发表于《语丝》第四卷第十四期（1928年4月2日）。收入《三闲集》。1928年春，司徒乔在上海举办"乔小画室春季展览会"。本文是为介绍司徒乔的画展而作。司徒乔，现代画家，作品大都反映了社会不公及下层劳苦大众的生活。早在北京时，鲁迅就"往中央公园看司徒乔所作画展，买二小幅"。这两小幅画中，其中一幅就是《五个警察一个〇》，鲁迅将这幅画挂于"老虎尾巴"书房的东墙上，并对司徒乔的创作赞赏有加。1927年10月，鲁迅到上海定居，司徒乔也来到上海，两人多有交往。据鲁迅日记载，1928年3月13日，鲁迅与许广平等往司徒乔寓所观其作画，次日即作本文。

在上海的鲁迅启事

大约一个多月以前，从开明书店转到M女士的一封信，其中有云：

"自一月十日在杭州孤山别后，多久没有见面了。前蒙允时常通讯及指导……。"

我便写了一封回信，说明我不到杭州，已将十年，决不能在孤山和人作别，所以她所看见的，是另一人。两礼拜前，蒙 M 女士和两位曾经听过我的讲义的同学见访，三面证明，知道在孤山者，确是别一"鲁迅"。但 M 女士又给我看题在曼殊师坟旁的四句诗：

"我来君寂居，唤醒谁氏魂？
飘萍山林迹，待到它年随公去。
　　鲁迅游杭 吊老友
曼殊句　　　　　　　　　　　　　一，一○，十七年。"

我于是写信去打听寓杭的 H 君，前天得到回信，说确有人见过这样的一个人，就在城外教书，自说姓周，曾做一本《彷徨》，销了八万部，但自己不满意，不远将有更好的东西发表云云。

中国另有一个本姓周或不姓周，而要姓周，也名鲁迅，我是毫没法子的。但看他自叙，有大半和我一样，却有些使我为难。那首诗的不大高明，不必说了，而硬替人向曼殊说"待到它年随公去"，也未免太专制。"去"呢，自然总有一天要"去"的，然而去"随"曼殊，却连我自己也梦里都没有想到过。但这还是小事情，尤其不敢当的，倒是什么对别人豫约"指导"之类……。

我自到上海以来，虽有几种报上说我"要开书店"，或"游了杭州"。其实我是书店也没有开，杭州也没有去，不过仍旧躲在楼上译一点书。因为我不会拉车，也没有学制无烟火药，所以只好这样用笔来混饭吃。因为这样在混饭吃，于是忽被推为"前驱"，忽被挤为"落伍"，那还可以说是自作自受，管他娘的去。但若再有一个"鲁迅"，替我说教，代我题诗，而结果还要我一个人来担负，那可真不能"有闲，有闲，第三个有闲"，连译书的工夫也要没有了。

所以这回再登一个启事。要声明的是：我之外，今年至少另外还有一个叫"鲁迅"的在，但那些个"鲁迅"的言动，和我也曾印过一本《彷徨》而没有销到八万本的鲁迅无干。

三月二十七日，在上海。

题注：

本篇最初发表于《语丝》第四卷第十四期（1928 年 4 月 2 日）。收入《三闲集》。1928 年 1 月 10 日，上海法政大学女生马湘影（即文中 M 女士），在杭州遇到一个自称是"鲁迅"的人，因此她写信给鲁迅请求指导。为揭穿无聊文人冒名"鲁迅"招摇撞骗，鲁迅撰写本文。关于被冒充的事，鲁迅在文章《革命咖啡店》里也提到了。

习惯与改革

体质和精神都已硬化了的人民，对于极小的一点改革，也无不加以阻挠，表面上好像恐怕于自己不便，其实是恐怕于自己不利，但所设的口实，却往往见得极其公正而且堂皇。

今年的禁用阴历，原也是琐碎的，无关大体的事，但商家当然叫苦连天了。不特此也，连上海的无业游民，公司雇员，竟也常常慨然长叹，或者说这很不便于农家的耕种，或者说这很不便于海船的候潮。他们居然因此念起久不相干的乡下的农夫，海上的舟子来。这真像煞有些博爱。

一到阴历的十二月二十三，爆竹就到处毕毕剥剥。我问一家的店伙："今年仍可以过旧历年，明年一准过新历年么？"那回答是："明年又是明年，要明年再看了。"他并不信明年非过阳历年不可。但日历上，却诚然删掉了阴历，只存节气。然而一面在报章上，则出现了《一百二十年阴阳合历》的广告。好，他们连曾孙玄孙时代的阴历，也已经给准备妥当了，一百二十年！

梁实秋先生们虽然很讨厌多数，但多数的力量是伟大，要紧的，有志于改革者倘不深知民众的心，设法利导，改进，则无论怎样的高文宏议，浪漫古典，都和他们无干，仅止于几个人在书房中互相叹赏，得些自己满足。假如竟有"好人政府"，出令改革乎，不多久，就早被他们拉回旧道上去了。

真实的革命者，自有独到的见解，例如乌略诺夫先生，他是将"风俗"和"习惯"，都包括在"文化"之内的，并且以为改革这些，很为困难。我想，但倘不将这些改革，则这革命即等于无成，如沙上建塔，顷刻倒坏。中国最初的排满革命，所以易得响应者，因为口号是"光复旧物"，就是"复古"，易于取得保守的人民同意的缘故。但到后来，竟没有历史上定例的开国之初的盛世，只枉然失了一条辫子，就很为大家所不满了。

以后较新的改革，就著著失败，改革一两，反动十斤，例如上述的一年日历上不准注阴历，却来了阴阳合历一百二十年。

这种合历，欢迎的人们一定是很多的，因为这是风俗和习惯所拥护，所以也有风俗和习惯的后援。别的事也如此，倘不深入民众的大层中，于他们的风俗习惯，加以研究，解剖，分别好坏，立存废的标准，而于存于废，都慎选施行的方法，则无论怎样的改革，都将为习惯的岩石所压碎，或者只在表面上浮游一些时。

现在已不是在书斋中，捧书本高谈宗教，法律，文艺，美术……等等的时候了，即使要谈论这些，也必须先知道习惯和风俗，而且有正视这些的黑暗面的勇猛和毅力。因为倘不看清，就无从改革。仅大叫未来的光明，其实是欺骗怠慢的自己和怠慢的听众的。

题注：

本篇最初发表于《萌芽月刊》第一卷第三期（1930 年 3 月 1 日）。

收入《二心集》。1929 年 10 月 7 日国民党政府发布通令，其中规定："凡商家帐目，民间契纸及一切签据，自十九年（按，即 1930 年）一月一日起一律适用国历，如附用阴历，法律即不生效。"由于旧的习惯，当时不少人反对禁用阴历，因此鲁迅撰本文。文中"浪漫古典"，指梁实秋所宣扬的白璧德的新人文主义。"好人政府"是胡适等人于1922 年提出的政治主张。

鲁迅自传

  我于一八八一年生于浙江省绍兴府城里的一家姓周的家里。父亲是读书的；母亲姓鲁，乡下人，她以自修得到能够看书的学力。听人说，在我幼小时候，家里还有四五十亩水田，并不很愁生计。但到我十三岁时，我家忽而遭了一场很大的变故，几乎什么也没有了；我寄住在一个亲戚家里，有时还被称为乞食者。我于是决心回家，而我底父亲又生了重病，约有三年多，死去了。我渐至于连极少的学费也无法可想；我底母亲便给我筹办了一点旅费，教我去寻无需学费的学校去，因为我总不肯学做幕友或商人，——这是我乡衰落了的读书人家子弟所常走的两条路。

  其时我是十八岁，便旅行到南京，考入水师学堂了，分在机关科。大约过了半年，我又走出，改进矿路学堂去学开矿，毕业之后，即被派往日本去留学。但待到在东京的豫备学校毕业，我已经决意要学医了。原因之一是因为我确知道了新的医学对于日本维新有很大的助力。我于是进了仙台（Sendai）医学专门学校，学了两年。这时正值俄日战争，我偶然在电影上看见一个中国人因做侦探而将被斩，因此又觉得在中国医好几个人也无用，还应该有较为广大的运动……先

147

提倡新文艺。我便弃了学籍，再到东京，和几个朋友立了些小计划，但都陆续失败了。我又想往德国去，也失败了。终于，因为我底母亲和几个别的人很希望我有经济上的帮助，我便回到中国来；这时我是二十九岁。

我一回国，就在浙江杭州的两级师范学堂做化学和生理学教员，第二年就走出，到绍兴中学堂去做教务长，第三年又走出，没有地方可去，想在一个书店去做编译员，到底被拒绝了。但革命也就发生，绍兴光复后，我做了师范学校的校长。革命政府在南京成立，教育部长招我去做部员，移入北京；后来又兼做北京大学，师范大学，女子师范大学的国文系讲师。到一九二六年，有几个学者到段祺瑞政府去告密，说我不好，要捕拿我，我便因了朋友林语堂的帮助逃到厦门，去做厦门大学教授，十二月走出，到广东，做了中山大学教授，四月辞职，九月出广东，一直住在上海。

我在留学时候，只在杂志上登过几篇不好的文章。初做小说是一九一八年，因为一个朋友钱玄同的劝告，做来登在《新青年》上的。这时才用"鲁迅"的笔名（Pen-name）；也常用别的名字做一点短论。现在汇印成书的有两本短篇小说集：《呐喊》，《彷徨》。一本论文，一本回忆记，一本散文诗，四本短评。别的，除翻译不计外，印成的又有一本《中国小说史略》，和一本编定的《唐宋传奇集》。

一九三〇年五月十六日

题注：

本篇据手稿编入，未另发表。初未收集。本文系应外国友人的约请而写作。1925 年鲁迅曾应《阿 Q 正传》俄文译者王希礼约请，写过《著者自叙传略》，故请柔石将原文抄出后，鲁迅在其基础上增补修订，对诸如在日本留学时期弃医从文的原因等处作了改动，又将所著书籍也增加为 11 种，并将除论文外的杂文，都称为短论。参见《集外集·俄文译本〈阿 Q 正传〉序及著者自叙传略》。

柔石小传

　　柔石，原名平复，姓赵，以一九〇一年生于浙江省台州宁海县的市门头。前几代都是读书的，到他的父亲，家景已不能支，只好去营小小的商业，所以他直到十岁，这才能入小学。一九一七年赴杭州，入第一师范学校；一面为杭州晨光社之一员，从事新文学运动。毕业后，在慈溪等处为小学教师，且从事创作，有短篇小说集《疯人》一本，即在宁波出版，是为柔石作品印行之始。一九二三年赴北京，为北京大学旁听生。

　　回乡后，于一九二五年春，为镇海中学校务主任，抵抗北洋军阀的压迫甚力。秋，咯血，但仍力助宁海青年，创办宁海中学，至次年，竟得募集款项，造成校舍；一面又任教育局局长，改革全县的教育。

　　一九二八年四月，乡村发生暴动，失败后，到处反动，较新的全被摧毁，宁海中学既遭解散，柔石也单身出走，寓居上海，研究文艺。十二月为《语丝》编辑，又与友人设立朝华社，于创作之外，并致力于绍介外国文艺，尤其是北欧，东欧的文学与版画，出版的有《朝华》周刊二十期，旬刊十二期，及《艺苑朝华》五本。后因代售者不付书价，力不能支，遂中止。

一九三〇年春，自由运动大同盟发动，柔石为发起人之一；不久，左翼作家联盟成立，他也为基本构成员之一，尽力于普罗文学运动。先被选为执行委员，次任常务委员编辑部主任；五月间，以左联代表的资格，参加全国苏维埃区域代表大会，毕后，作《一个伟大的印象》一篇。

一九三一年一月十七日被捕，由巡捕房经特别法庭移交龙华警备司令部，二月七日晚，被秘密枪决，身中十弹。

柔石有子二人，女一人，皆幼。文学上的成绩，创作有诗剧《人间的喜剧》，未印，小说《旧时代之死》，《三姊妹》，《二月》，《希望》，翻译有卢那卡尔斯基的《浮士德与城》，戈理基的《阿尔泰莫诺夫氏之事业》及《丹麦短篇小说集》等。

题注：

本篇首次发表于《前哨（纪念战死者专号）》（1931 年 4 月 25 日），未署名。收入《二心集》。柔石为"左联五烈士"之一。柔石与鲁迅关系密切，鲁迅扶助他编辑《语丝》，又一起创办朝花社。1930 年春，他们一起参与发起中国自由运动大同盟和"左联"。鲁迅认为他是"我在上海……一个唯一的不但敢于随便谈笑，而且还敢于托他办点私事的人"。柔石遇害后，鲁迅作《无题·惯于长夜过春时》诗以哀悼，并编辑、刊行了《前哨》，其中刊登了柔石的遗诗《血在沸》以志纪念。除了本文，鲁迅还发表了《中国无产阶级革命文学和前驱的血》一文。在《北斗》创刊号上，鲁迅选登了德国女版画家凯绥·珂勒惠支的版画《牺牲》以纪念柔石。1933 年 2 月，写《为了忘却的记念》，其中以较多的篇幅回忆与柔石的交往，可参阅。

题《陶元庆的出品》

　　此璇卿当时手订见赠之本也。倏忽已逾三载，而作者亦久已永眠于湖滨。草露易晞，留此为念。乌呼！

　　　　　　　　一九三一年八月十四夜，鲁迅记于上海。

题注：

　　本篇据手迹编入，原题在鲁迅所藏《陶元庆的出品》画册上。初未收集。《陶元庆的出品》是陶元庆在上海立达学园展览会上展出的作品集，共收作品8幅。1928年5月北新书局出版，5月7日陶元庆将此画册赠给鲁迅。鲁迅《当陶元庆君的绘画展览时——我所要说的几句话》收入画集内。

题《外套》

　　此素园病重时特装相赠者，岂自以为将去此世耶，悲夫！越二年余，发箧见此，追记之。三十二年四月三十日，迅。

题注：

　　本篇据手迹编入，原题在鲁迅所藏《外套》书上。初未收集。《外套》是俄国作家果戈里所著中篇小说，韦素园译，1926年9月未名社初版，1929年再版，为"未名丛刊"之一。1929年7月韦素园将此书寄赠鲁迅。

题记一篇

在昔原始之民，其居群中，盖惟以姿态声音，达其情意而已。声音繁变，寖成言辞，言辞谐美，乃兆歌咏。然言者，犹风波也，激荡方已，余踪杳然，独恃口耳之传，殊不足以行远或垂后，故越吟仅一见于载籍，绋讴不丛集于诗山也。幸赖文字，匃其散亡，楮墨所书，年命斯久。而篇章既富，评骘遂生，东则有刘彦和之《文心》，西则有亚理士多德之《诗学》，解析神质，包举洪纤，开源发流，为世楷式。所惜既局于地，复限于时，后贤补苴，竞标颖异，积鸿文于书烖，嗟白首而难测，倘无要略，孰识菁英矣。作者青年劬学，著为新编，纵观古今，横览欧亚，撷华夏之古言，取英美之新说，探其本源，明其族类，解纷挈领，粲然可观，盖犹识玄冬于瓶水，悟新秋于坠梧，而后治诗学者，庶几由此省探索之劳已。

一九三二年七月三日，鲁迅读毕谨记。

题注：

本篇据手稿编入，原无标题，未发表。初未收集。本文是为一位未知姓名的青年研究者编撰的包括中外古今诗论的专著所作的题记。"越吟""绋讴"分别指古代越国的民歌和古代出殡时挽柩者所唱的歌谣。刘彦和即刘勰，《文心》即其所著的古代文艺理论著作《文心雕龙》。

电影的教训

孺牛

　　当我在家乡的村子里看中国旧戏的时候，是还未被教育成"读书人"的时候，小朋友大抵是农民。爱看的是翻筋斗，跳老虎，一把烟焰，现出一个妖精来；对于剧情，似乎都不大和我们有关系。大面和老生的争城夺地，小生和正旦的离合悲欢，全是他们的事，捏锄头柄人家的孩子，自己知道是决不会登坛拜将，或上京赴考的。但还记得有一出给了感动的戏，好像是叫作《斩木诚》。一个大官蒙了不白之冤，非被杀不可了，他家里有一个老家丁，面貌非常相像，便代他去"伏法"。那悲壮的动作和歌声，真打动了看客的心，使他们发见了自己的好模范。因为我的家乡的农人，农忙一过，有些是给大户去帮忙的。为要做得像，临刑时候，主母照例的必须去"抱头大哭"，然而被他踢开了，虽在此时，名分也得严守，这是忠仆，义士，好人。

　　但到我在上海看电影的时候，却早是成为"下等华人"的了，看楼上坐着白人和阔人，楼下排着中等和下等的"华胄"，银幕上现出白色兵们打仗，白色老爷发财，白色小姐结婚，白色英雄探险，令看客佩服，羡慕，恐怖，自己觉得做不到。但当白色英雄探险非洲时，却常有黑色的忠仆来给他开路，服役，拚命，替死，使主子安然的回

156

家；待到他豫备第二次探险时，忠仆不可再得，便又记起了死者，脸色一沉，银幕上就现出一个他记忆上的黑色的面貌。黄脸的看客也大抵在微光中把脸色一沉：他们被感动了。

幸而国产电影也在挣扎起来，耸身一跳，上了高墙，举手一扬，掷出飞剑，不过这也和十九路军一同退出上海，现在是正在准备开映屠格纳夫的《春潮》和茅盾的《春蚕》了。当然，这是进步的。但这时候，却先来了一部竭力宣传的《瑶山艳史》。

这部片子，主题是"开化瑶民"，关键是"招驸马"，令人记起《四郎探母》以及《双阳公主追狄》这些戏本来。中国的精神文明主宰全世界的伟论，近来不大听到了，要想去开化，自然只好退到苗瑶之类的里面去，而要成这种大事业，却首先须"结亲"，黄帝子孙，也和黑人一样，不能和欧亚大国的公主结亲，所以精神文明就无法传播。这是大家可以由此明白的。

九月七日。

题注：

本篇最初发表于1933年9月11日《申报·自由谈》，署名孺牛。收入《准风月谈》。本篇是因当时在上海公映的《春潮》《春蚕》和《瑶山艳史》等国产电影而作。《春潮》，由蔡楚生改编，1933年由上海亨生影片公司摄制；《春蚕》，1933年由上海明星公司改编成电影；《瑶山艳史》，黄漪磋编剧，1933年上海艺联影业公司出品。

我们怎样教育儿童的？

旅隼

看见了讲到"孔乙已"，就想起中国一向怎样教育儿童来。

现在自然是各式各样的教科书，但村塾里也还有《三字经》和《百家姓》。清朝末年，有些人读的是"天子重英豪，文章教尔曹，万般皆下品，惟有读书高"的《神童诗》，夸着"读书人"的光荣；有些人读的是"混沌初开，乾坤始奠，轻清者上浮而为天，重浊者下凝而为地"的《幼学琼林》，教着做古文的滥调。再上去我可不知道了，但听说，唐末宋初用过《太公家教》，久已失传，后来才从敦煌石窟中发现，而在汉朝，是读《急就篇》之类的。

就是所谓"教科书"，在近三十年中，真不知变化了多少。忽而这么说，忽而那么说，今天是这样的宗旨，明天又是那样的主张，不加"教育"则已，一加"教育"，就从学校里造成了许多矛盾冲突的人，而且因为旧的社会关系，一面也还是"混沌初开，乾坤始奠"的老古董。

中国要作家，要"文豪"，但也要真正的学究。倘有人作一部历史，将中国历来教育儿童的方法，用书，作一个明确的记录，给人明白我们的古人以至我们，是怎样的被熏陶下来的，则其功德，当不在禹（虽然他也许不过是一条虫）下。

《自由谈》的投稿者，常有博古通今的人，我以为对于这工作，是很有胜任者在的。不知亦有有意于此者乎？现在提出这问题，盖亦知易行难，遂只得空口说白话，而望垦辟于健者也。

八月十四日。

题注：

本篇最初发表于1933年8月18日《申报·自由谈》。收入《准风月谈》。1919年鲁迅曾作《我们现在怎样做父亲》一文，提出要给儿童一个自由成长的环境，其后，他在《二十四孝图》《五猖会》等文中以自己的经历揭示了传统教育的落后和对儿童心理的摧残。1933年8月14日《申报·自由谈》发表了陈子展的《再谈孔乙己》一文，同样以自己的经历揭示了中国传统教育的愚昧和落后。鲁迅因之作本文。本文所说"禹是一条虫"，是指20世纪30年代初顾颉刚在对中国传说中的历史人物进行考证后的结论，颐颉刚认为传说中的大禹，是先民所崇拜的虫演化而来。可参阅顾颉刚所著的《古史辨》。

漫与

　　地质学上的古生代的秋天，我们不大明白了，至于现在，却总是相差无几。假使前年是肃杀的秋天，今年就成了凄凉的秋天，那么，地球的年龄，怕比天文学家所豫测的最短的数目还要短得多多罢。但人事却转变得真快，在这转变中的人，尤其是诗人，就感到了不同的秋，将这感觉，用悲壮的，或凄惋的句子，传给一切平常人，使彼此可以应付过去，而天地间也常有新诗存在。

　　前年实在好像是一个悲壮的秋天，市民捐钱，青年拚命，箛鼓的声音也从诗人的笔下涌出，仿佛真要"投笔从戎"似的。然而诗人的感觉是锐敏的，他未始不知道国民的赤手空拳，所以只好赞美大家的殉难，因此在悲壮里面，便埋伏着一点空虚。我所记得的，是邵冠华先生的《醒起来罢同胞》（《民国日报》所载）里的一段——

　　　　"同胞，醒起来罢，
　　　　踢开了弱者的心，
　　　　踢开了弱者的脑，
　　　　看，看，看，

看同胞们的血喷出来了，

看同胞们的肉割开来了，

看同胞们的尸体挂起来了。"

鼓簧之声要在前线，当进军的时候，是"作气"的，但尚且要"再而衰，三而竭"，倘在并无进军的准备的处所，那就完全是"散气"的灵丹了，倒使别人的紧张的心情，由此转成弛缓。所以我曾比之于"嚎丧"，是送死的妙诀，是丧礼的收场，从此使生人又可以在别一境界中，安心乐意的活下去。历来的文章中，化"敌"为"皇"，称"逆"为"我朝"，这样的悲壮的文章就是其间的"蝴蝶铰"，但自然，作手是不必同出于一人的。然而从诗人看来，据说这些话乃是一种"狂吠"。

不过事实真也比评论更其不留情面，仅在这短短的两年中，昔之义军，已名"匪徒"，而有些"抗日英雄"，却早已侨寓姑苏了，而且连捐款也发生了问题。九一八的纪念日，则华界但有囚车随着武装巡捕梭巡，这囚车并非"意图"拘禁敌人或汉奸，而是专为"意图乘机捣乱"的"反动分子"所豫设的宝座。天气也真是阴惨，狂风骤雨，报上说是"飓风"，是天地在为中国饮泣，然而在天地之间——人间，这一日却"平安"的过去了。

于是就成了虽然有些惨淡，却很"平安"的秋天，正是一个丧家届了除服之期的景象。但这景象，却又与诗人非常适合的，我在《醒起来罢同胞》的同一作家的《秋的黄昏》（九月二十五日《时事新报》所载）里，听到了幽咽而舒服的声调——

"我到了秋天便会伤感；到了秋天的黄昏，便会流泪，我已很感觉到我的伤感是受着秋风的波动而兴奋地展开，同时自己又像会发现自己的环境是最适合于秋天，细细地抚摩着秋天在大自然里发出的音波，我知道我的命运使我成为秋天的人。……"

钉梢，现在中国所流行的，是无赖子对于摩登女郎，和侦探对于革命青年的钉梢，而对于文人学士们，却还很少见。假使追蹑几月或几年试试罢，就会看见许多怎样的情随事迁，到底头头是道的诗人。

一个活人，当然是总想活下去的，就是真正老牌的奴隶，也还在打熬着要活下去。然而自己明知道是奴隶，打熬着，并且不平着，挣扎着，一面"意图"挣脱以至实行挣脱的，即使暂时失败，还是套上了镣铐罢，他却不过是单单的奴隶。如果从奴隶生活中寻出"美"来，赞叹，抚摩，陶醉，那可简直是万劫不复的奴才了，他使自己和别人永远安住于这生活。就因为奴群中有这一点差别，所以也使社会有平安和不安的差别，而在文学上，就分明的显现了麻醉的和战斗的的不同。

九月二十七日。

题注：

本篇最初发表于上海《申报月刊》第二卷第十号（1933年10月15日），署名洛文。收入《南腔北调集》。本文写于"九一八事变"两周年之际。两年前在东北抵抗过日军的马占山、苏炳文名噪一时，被尊为抗日英雄，各界曾捐款支持；后来两人都脱离军队去欧洲游历，两年后回国，苏炳文寄寓苏州。马占山在上海时谈到，当时在东北收到的捐款仅170多万，而非报道的2000万元，引起舆论哗然。两人都已经完全没有了"抗日英雄"的气概。面对两年后的上海华界囚车逡巡，而"民族主义文学"诗人则写些悲秋诗的"平安"景象，鲁迅深感痛心，故写本文。

喝茶

丰之余

某公司又在廉价了，去买了二两好茶叶，每两洋二角。开首泡了一壶，怕它冷得快，用棉袄包起来，却不料郑重其事的来喝的时候，味道竟和我一向喝着的粗茶差不多，颜色也很重浊。

我知道这是自己错误了，喝好茶，是要用盖碗的，于是用盖碗。果然，泡了之后，色清而味甘，微香而小苦，确是好茶叶。但这是须在静坐无为的时候，当我正写着《吃教》的中途，拉来一喝，那好味道竟又不知不觉的滑过去，像喝着粗茶一样了。

有好茶喝，会喝好茶，是一种"清福"。不过要享这"清福"，首先就须有工夫，其次是练习出来的特别的感觉。由这一极琐屑的经验，我想，假使是一个使用筋力的工人，在喉干欲裂的时候，那么，即使给他龙井芽茶，珠兰窨片，恐怕他喝起来也未必觉得和热水有什么大区别罢。所谓"秋思"，其实也是这样的，骚人墨客，会觉得什么"悲哉秋之为气也"，风雨阴晴，都给他一种刺戟，一方面也就是一种"清福"，但在老农，却只知道每年的此际，就要割稻而已。

于是有人以为这种细腻锐敏的感觉，当然不属于粗人，这是上等人的牌号。然而我恐怕也正是这牌号就要倒闭的先声。我们有痛觉，一方面是使我们受苦的，而一方面也使我们能够自卫。假如没有，则即使背上被人刺了一尖刀，也将茫无知觉，直到血尽倒地，自己还不明白为什么倒地。但这痛觉如果细腻锐敏起来呢，则不但衣服上有一根小刺就觉得，连衣服上的接缝，线结，布毛都要觉得，倘不穿"无缝天衣"，他便要终日如芒刺在身，活不下去了。但假装锐敏的，自然不在此例。

感觉的细腻和锐敏，较之麻木，那当然算是进步的，然而以有助于生命的进化为限。如果不相干，甚而至于有碍，那就是进化中的病态，不久就要收梢。我们试将享清福，抱秋心的雅人，和破衣粗食的粗人一比较，就明白究竟是谁活得下去。喝过茶，望着秋天，我于是想：不识好茶，没有秋思，倒也罢了。

九月三十日。

题注：

本篇最初发表于 1933 年 10 月 2 日《申报·自由谈》。收入《准风月谈》。1930 年鲁迅与梁实秋等对于文学是否有阶级性的问题进行论争。其后林语堂、周作人等又提倡"以自我为中心，以闲适为格调"的幽默小品文学，对此鲁迅曾多次给予批评。周作人喜谈茶，1931 年顷，把自己的书斋"苦雨斋"改成"苦茶庵"，1933 年又在林语堂主编的《人间世》上连载《苦茶庵小文》。鲁迅遂作本文。

世故三昧

　　人世间真是难处的地方，说一个人"不通世故"，固然不是好话，但说他"深于世故"也不是好话。"世故"似乎也像"革命之不可不革，而亦不可太革"一样，不可不通，而亦不可太通的。

　　然而据我的经验，得到"深于世故"的恶谥者，却还是因为"不通世故"的缘故。

　　现在我假设以这样的话，来劝导青年人——

　　"如果你遇见社会上有不平事，万不可挺身而出，讲公道话，否则，事情倒会移到你头上来，甚至于会被指作反动分子的。如果你遇见有人被冤枉，被诬陷的，即使明知道他是好人，也万不可挺身而出，去给他解释或分辩，否则，你就会被人说是他的亲戚，或得了他的贿赂；倘使那是女人，就要被疑为她的情人的；如果他较有名，那便是党羽。例如我自己罢，给一个毫不相干的女士做了一篇信札集的序，人们就说她是我的小姨；绍介一点科学的文艺理论，人们就说是得了苏联的卢布。亲戚和金钱，在目下的中国，关系也真是大，事实给与了教训，人们看惯了，以为人人都脱不了这关系，原也无足深怪的。

"然而，有些人其实也并不真相信，只是说着玩玩，有趣有趣的。即使有人为了谣言，弄得凌迟碎剐，像明末的郑鄤那样了，和自己也并不相干，总不如有趣的紧要。这时你如果去辨正，那就是使大家扫兴，结果还是你自己倒楣。我也有一个经验。那是十多年前，我在教育部里做'官僚'，常听得同事说，某女学校的学生，是可以叫出来嫖的，连机关的地址门牌，也说得明明白白。有一回我偶然走过这条街，一个人对于坏事情，是记性好一点的，我记起来了，便留心着那门牌，但这一号，却是一块小空地，有一口大井，一间很破烂的小屋，是几个山东人住着卖水的地方，决计做不了别用。待到他们又在谈着这事的时候，我便说出我的所见来，而不料大家竟笑容尽敛，不欢而散了，此后不和我谈天者两三月。我事后才悟到打断了他们的兴致，是不应该的。

"所以，你最好是莫问是非曲直，一味附和着大家；但更好是不开口；而在更好之上的是连脸上也不显出心里的是非的模样来……"

这是处世法的精义，只要黄河不流到脚下，炸弹不落在身边，可以保管一世没有挫折的。但我恐怕青年人未必以我的话为然；便是中年，老年人，也许要以为我是在教坏了他们的子弟。呜呼，那么，一片苦心，竟是白费了。

然而倘说中国现在正如唐虞盛世，却又未免是"世故"之谈。耳闻目睹的不算，单是看看报章，也就可以知道社会上有多少不平，人们有多少冤抑。但对于这些事，除了有时或有同业，同乡，同族的人们来说几句呼吁的话之外，利害无关的人的义愤的声音，我们是很少听到的。这很分明，是大家不开口；或者以为和自己不相干；或者连"以为和自己不相干"的意思也全没有。"世故"深到不自觉其"深于世故"，这才真是"深于世故"的了。这是中国处世法的精义中的精义。

而且，对于看了我的劝导青年人的话，心以为非的人物，我还有一下反攻在这里。他是以我为狡猾的。但是，我的话里，一面固然显示着我的狡猾，而且无能，但一面也显示着社会的黑暗。他单责个人，正是最稳妥的办法，倘使兼责社会，可就得站出去战斗了。责人的"深于世故"而避开了"世"不谈，这是更"深于世故"的玩艺，倘若自己不觉得，那就更深更深了，离三昧境盖不远矣。

不过凡事一说，即落言筌，不再能得三昧。说"世故三昧"者，即非"世故三昧"。三昧真谛，在行而不言；我现在一说"行而不言"，却又失了真谛，离三昧境盖益远矣。

一切善知识，心知其意可也，唵！

十月十三日。

题注：

本篇最初发表于上海《申报月刊》第二卷第十一号（1933 年 11 月 15 日），署名洛文。收入《南腔北调集》。本文系作者有感于当时舆论的无是非观而作。1926 年 11 月，高长虹在《莽原》上发表《1925 北京出版界形势指掌图》一文，说鲁迅"递降而至一不很高明而却奋勇的战士的面目，再递降而为一世故老人的面目"了，鲁迅先后在《〈阿 Q 正传〉的成因》《所谓"思想界先驱者"鲁迅启事》《反漫谈》《新时代的放债法》《我的态度气量和年纪》等文中谈及此事。1928 年 1 月创造社创办《文化批判》，说鲁迅为"两重的反革命"；1932 年，北新书局校对程鼎兴为其亡妻金淑姿刊行遗信集，托人转请鲁迅为之作序，之后便有人猜测金淑姿是鲁迅的小姨子；1930 年顷，鲁迅和一些左翼作家翻译介绍苏俄的文艺理论著作，被梁实秋说成是"拿苏联的卢布"；1925年的"女师大风潮"中，陈西滢诬称女师大学生可以"叫局"，引起舆论哗然。鲁迅在这些事件中的态度都与"世故"相反，故有感而发。

谣言世家

双十佳节，有一位文学家大名汤增敷先生的，在《时事新报》上给我们讲光复时候的杭州的故事。他说那时杭州杀掉许多驻防的旗人，辨别的方法，是因为旗人叫"九"为"钩"的，所以要他说"九百九十九"，一露马脚，刀就砍下去了。

这固然是颇武勇，也颇有趣的。但是，可惜是谣言。

中国人里，杭州人是比较的文弱的人。当钱大王治世的时候，人民被刮得衣裤全无，只用一片瓦掩着下部，然而还要追捐，除被打得麂一般叫之外，并无贰话。不过这出于宋人的笔记，是谣言也说不定的。但宋明的末代皇帝，带着没落的阔人，和暮气一同滔滔的逃到杭州来，却是事实，苟延残喘，要大家有刚决的气魄，难不难。到现在，西子湖边还多是摇摇摆摆的雅人；连流氓也少有浙东似的"白刀子进红刀子出"的打架。自然，倘有军阀做着后盾，那是也会格外的撒泼的，不过当时实在并无敢于杀人的风气，也没有乐于杀人的人们。我们只要看举了老成持重的汤蛰仙先生做都督，就可以知道是不会流血的了。

不过战事是有的。革命军围住旗营，开枪打进去，里面也有时打出来。然而围得并不紧，我有一个熟人，白天在外面逛，晚上却自进旗营睡觉去了。

虽然如此，驻防军也终于被击溃，旗人降服了，房屋被充公是有的，却并没有杀戮。口粮当然取消，各人自寻生计，开初倒还好，后来就遭灾。

怎么会遭灾的呢？就是发生了谣言。

杭州的旗人一向优游于西子湖边，秀气所钟，是聪明的，他们知道没有了粮，只好做生意，于是卖糕的也有，卖小菜的也有。杭州人是客气的，并不歧视，生意也还不坏。然而祖传的谣言起来了，说是旗人所卖的东西，里面都藏着毒药。这一下子就使汉人避之惟恐不远，但倒是怕旗人来毒自己，并不是自己想去害旗人。结果是他们所卖的糕饼小菜，毫无生意，只得在路边出卖那些不能下毒的家具。家具一完，途穷路绝，就一败涂地了。这是杭州驻防旗人的收场。

笑里可以有刀，自称酷爱和平的人民，也会有杀人不见血的武器，那就是造谣言。但一面害人，一面也害己，弄得彼此懵懵懂懂。古时候无须提起了，即在近五十年来，甲午战败，就说是李鸿章害的，因为他儿子是日本的驸马，骂了他小半世；庚子拳变，又说洋鬼子是挖眼睛的，因为造药水，就乱杀了一大通。下毒学说起于辛亥光复之际的杭州，而复活于近来排日的时候。我还记得每有一回谣言，就总有谁被诬为下毒的奸细，给谁平白打死了。

谣言世家的子弟，是以谣言杀人，也以谣言被杀的。

至于用数目来辨别汉满之法，我在杭州倒听说是出于湖北的荆州的，就是要他们数一二三四，数到"六"字，读作上声，便杀却。但杭州离荆州太远了，这还是一种谣言也难说。

我有时也不大能够分清那句是谣言，那句是真话了。

十月十三日。

题注：

　　本篇最初发表于上海《申报月刊》第二卷第十一号（1933 年 11 月 15 日），署名洛文。收入《南腔北调集》。"双十佳节"之名，起于 1911 年 10 月 10 日的辛亥革命，1912 年 9 月 28 日中华民国临时政府参议院议定 10 月 10 日为国庆节。1933 年 10 月 10 日，"民族主义文学"者汤增敭在上海《时事新报》上发表《辛亥革命逸话》一文，说："旗人谓九为钩。辛亥革命起，旗人皆变装图逃，杭人乃侦骑四出，遇可疑者，执而讯之，令其口唱'九百九十九'，如为旗人，则音必读'钩百钩十钩'也。乃杀之，百无一失。"

韦素园墓记

韦君素园之墓。

君以一九又二年六月十八日生，一九三二年八月一日卒。呜呼，宏才远志，厄于短年。文苑失英，明者永悼。弟丛芜，友静农，霁野立表；鲁迅书。

题注：

本篇未另发表。收入《且介亭杂文》。写作时间，据作者 1934 年 3 月 27 日致台静农信（"素兄墓志，当于三四日内写成寄上"）和同年 4 月 3 日日记（"以所书韦素园墓表寄静农"），可知本篇写成于 1934 年 4 月初。

韦素园，安徽霍邱人，未名社成员，译有果戈理中篇小说《外套》、北欧诗歌小品集《黄花集》等。鲁迅在 1935 年 6 月 16 日致李霁野信中说："前为素园题墓碣数十字，其碣想未立。那碣文，不知兄处有否？倘有，希录寄，因拟编入杂文集中。不刻之石而印之纸，或差胜于冥漠欤？"

自传

  鲁迅，以一八八一年生于浙江之绍兴城内姓周的一个大家族里。父亲是秀才；母亲姓鲁，乡下人，她以自修到能看文学作品的程度。家里原有祖遗的四五十亩田，但在父亲死掉之前，已经卖完了。这时我大约十三四岁，但还勉强读了三四年多的中国书。

  因为没有钱，就得寻不用学费的学校，于是去到南京，住了大半年，考进了水师学堂。不久，分在管轮班，我想，那就上不了舱面了，便走出，又考进了矿路学堂，在那里毕业，被送往日本留学。但我又变计，改而学医，学了两年，又变计，要弄文学了。于是看些文学书，一面翻译，也作些论文，设法在刊物上发表。直到一九一〇年，我的母亲无法生活，这才回国，在杭州师范学校作助教，次年在绍兴中学作监学。一九一二年革命后，被任为绍兴师范学校校长。

  但绍兴革命军的首领是强盗出身，我不满意他的行为，他说要杀死我了，我就到南京，在教育部办事，由此进北京，做到社会教育司的第二科科长。一九一八年"文学革命"运动起，我始用"鲁迅"的笔名作小说，登在《新青年》上，以后就时时作些短篇小说和短评；一面也做北京大学，师范大学，女子师范大学的讲师。因为做评论，敌人就多起来，北京大学教授陈源开始发表这"鲁迅"就是我，由此弄到段祺瑞将我撤职，并且还要逮捕我。我只好离开北京，到厦门大学做教授；约有半年，和校长以及别的几个教授冲突了，便到广州，在中山大学做了教务长兼文科教授。

又约半年，国民党北伐分明很顺利，厦门的有些教授就也到广州来了，不久就清党，我一生从未见过有这么杀人的，我就辞了职，回到上海，想以译作谋生。但因为加入自由大同盟，听说国民党在通缉我了，我便躲起来。此后又加入了左翼作家联盟，民权同盟。到今年，我的一九二六年以后出版的译作，几乎全被国民党所禁止。

我的工作，除翻译及编辑的不算外，创作的有短篇小说集二本，散文诗一本，回忆记一本，论文集一本，短评八本，《中国小说史略》一本。

题注：

    本篇据手稿编入，约写于 1934 年 4 月。初未收集。1934 年，鲁迅与茅盾应美国作家伊罗生之托选编中国现代短篇小说选集《草鞋脚》，本篇即为此所写的作者小传。

零食

出版界的现状，期刊多而专书少，使有心人发愁，小品多而大作少，又使有心人发愁。人而有心，真要"日坐愁城"了。

但是，这情形是由来已久的，现在不过略有变迁，更加显著而已。

上海的居民，原就喜欢吃零食。假使留心一听，则屋外叫卖零食者，总是"实繁有徒"。桂花白糖伦教糕，猪油白糖莲心粥，虾肉馄饨面，芝麻香蕉，南洋芒果，西路（暹罗）蜜橘，瓜子大王，还有蜜饯，橄榄，等等。只要胃口好，可以从早晨直吃到半夜，但胃口不好也不妨，因为这又不比肥鱼大肉，分量原是很少的。那功效，据说，是在消闲之中，得养生之益，而且味道好。

前几年的出版物，是有"养生之益"的零食，或曰"入门"，或曰"ABC"，或曰"概论"，总之是薄薄的一本，只要化钱数角，费时半点钟，便能明白一种科学，或全盘文学，或一种外国文。意思就是说，只要吃一包五香瓜子，便能使这人发荣滋长，抵得吃五年饭。试了几年，功效不显，于是很有些灰心了。一试验，如果有名无实，是往往不免灰心的，例如现在已经很少有人修仙或炼金，而代以洗温泉和买奖券，便是试验无效的结果。于是放松了"养生"这一面，偏到"味道好"那一面去了。自然，零食也还是零食。上海的居民，和零食是死也分拆不开的。

于是而出现了小品，但也并不是新花样。当老九章生意兴隆的时候，就有过《笔记小说大观》之流，这是零食一大箱；待到老九章关门之后，自然也跟着成了一小撮。分量少了，为什么倒弄得闹闹嚷嚷，满城风雨的呢？我想，这是因为在担子上装起了篆字和罗马字母合璧的年红电灯的招牌。

然而，虽然仍旧是零食，上海居民的感应力却比先前敏捷了，否则又何至于闹嚷嚷。但这也许正因为神经衰弱的缘故。假使如此，那么，零食的前途倒是可虑的。

六月十一日。

题注：

本篇最初发表于 1934 年 6 月 16 日《申报·自由谈》，署名莫朕。收入《花边文学》。据统计，1934 年中国出版期刊 600 多种，其中不少文艺期刊专门刊登小品文，在出版物中还有大量"有名无实"的薄薄的小书，而且这种情形越演越烈，大有"日坐愁城"，"闹闹嚷嚷"，"满城风雨"之势。"论语派"提倡的小品文犹如小市民爱吃的零食，如只迎合其口味，前途可忧可虑。鲁迅认为小品文的生机在于对世态的纠纷"分析和攻战"，"生存的小品文，必须是匕首，是投枪"。鲁迅对小品文的论述可参看《南腔北调集·小品文的危机》和《花边文学·小品文的生机》等。

难行和不信

中国的"愚民"——没有学问的下等人，向来就怕人注意他。如果你无端的问他多少年纪，什么意见，兄弟几个，家景如何，他总是支吾一通之后，躲了开去。有学识的大人物，很不高兴他们这样的脾气。然而这脾气总不容易改，因为他们也实在从经验而来的。

假如你被谁注意了，一不小心，至少就不免上一点小当，譬如罢，中国是改革过的了，孩子们当然早已从"孟宗哭竹""王祥卧冰"的教训里蜕出，然而不料又来了一个崭新的"儿童年"，爱国之士，因此又想起了"小朋友"，或者用笔，或者用舌，不怕劳苦的来给他们教训。一个说要用功，古时候曾有"囊萤照读""凿壁偷光"的志士；一个说要爱国，古时候曾有十几岁突围请援，十四岁上阵杀敌的奇童。这些故事，作为闲谈来听听是不算很坏的，但万一有谁相信了，照办了，那就会成为乳臭未干的吉诃德。你想，每天要捉一袋照得见四号铅字的萤火虫，那岂是一件容易事？但这还只是不容易罢了，倘去凿壁，事情就更糟，无论在那里，至少是挨一顿骂之后，立刻由爸爸妈妈赔礼，雇人去修好。

请援，杀敌，更加是大事情，在外国，都是三四十岁的人们所做的。他们那里的儿童，着重的是吃，玩，认字，听些极普通，极紧要的常识。中国的儿童给大家特别看得起，那当然也很好，然而出来的题目就因此常常是难题，仍如飞剑一样，非上武当山寻师学道之后，决计没法办。到了二十世纪，古人空想中的潜水艇，飞行机，是实地上成功了，但《龙文鞭影》或《幼学琼林》里的模范故事，却还有些难学。我想，便是说教的人，恐怕自己也未必相信罢。

所以听的人也不相信。我们听了千多年的剑仙侠客，去年到武当山去的只有三个人，只占全人口的五百兆分之一，就可见。古时候也许还要多，现在是有了经验，不大相信了，于是照办的人也少了。——但这是我个人的推测。

不负责任的，不能照办的教训多，则相信的人少；利己损人的教训多，则相信的人更其少。"不相信"就是"愚民"的远害的堑壕，也是使他们成为散沙的毒素。然而有这脾气的也不但是"愚民"，虽是说教的士大夫，相信自己和别人的，现在也未必有多少。例如既尊孔子，又拜活佛者，也就是恰如将他的钱试买各种股票，分存许多银行一样，其实是哪一面都不相信的。

七月一日。

题注：

本篇最初发表于上海《新语林》半月刊第二期（1934 年 7 月 20 日），署名公汗。收入《且介亭杂文》。针对当时一些人借"儿童年"的名义，极力向儿童宣传、灌输历史上有关"囊萤照读"、"凿壁偷光"、奇童杀敌之类的难信难行的"模范"故事，鲁迅写作了本文。文末提及的"既尊孔子，又拜活佛者"盖指国民党要员戴季陶之流。戴季陶在 1934 年曾捐款修建吴兴孔庙，同年又与人发起延请九世班禅喇嘛在杭州灵隐寺举行"时轮金刚法会"，宣扬佛法。

忆韦素园君

　　我也还有记忆的，但是，零落得很。我自己觉得我的记忆好像被刀刮过了的鱼鳞，有些还留在身体上，有些是掉在水里了，将水一搅，有几片还会翻腾，闪烁，然而中间混着血丝，连我自己也怕得因此污了赏鉴家的眼目。

　　现在有几个朋友要纪念韦素园君，我也须说几句话。是的，我是有这义务的。我只好连身外的水也搅一下，看看泛起怎样的东西来。

　　怕是十多年之前了罢，我在北京大学做讲师，有一天，在教师预备室里遇见了一个头发和胡子统统长得要命的青年，这就是李霁野。我的认识素园，大约就是霁野绍介的罢，然而我忘记了那时的情景。现在留在记忆里的，是他已经坐在客店的一间小房子里计划出版了。

　　这一间小房子，就是未名社。

　　那时我正在编印两种小丛书，一种是《乌合丛书》，专收创作，一种是《未名丛刊》，专收翻译，都由北新书局出版。出版者和读者的不喜欢翻译书，那时和现在也并不两样，所以《未名丛刊》是特别冷落的。恰巧，素园他们愿意绍介外国文学到中国来，便和李小峰商量，要将《未名丛刊》移出，由几个同人自办。小峰一口答应了，于是这一种丛书便和北新书局脱离。稿子是我们自己的，另筹了一笔印费，就算开始。因这丛书的名目，连社名也就叫了"未名"——但并非"没有名目"的意思，是"还没有名目"的意思，恰如孩子的"还未成丁"似的。

未名社的同人，实在并没有什么雄心和大志，但是，愿意切切实实的，点点滴滴的做下去的意志，却是大家一致的。而其中的骨干就是素园。

于是他坐在一间破小屋子，就是未名社里办事了，不过小半好像也因为他生着病，不能上学校去读书，因此便天然的轮着他守寨。

我最初的记忆是在这破寨里看见了素园，一个瘦小，精明，正经的青年，窗前的几排破旧外国书，在证明他穷着也还是钉住着文学。然而，我同时又有了一种坏印象，觉得和他是很难交往的，因为他笑影少。"笑影少"原是未名社同人的一种特色，不过素园显得最分明，一下子就能够令人感得。但到后来，我知道我的判断是错误了，和他也并不难于交往。他的不很笑，大约是因为年龄的不同，对我的一种特别态度罢，可惜我不能化为青年，使大家忘掉彼我，得到确证了。这真相，我想，霁野他们是知道的。

但待到我明白了我的误解之后，却同时又发见了一个他的致命伤：他太认真；虽然似乎沉静，然而他激烈。认真会是人的致命伤的么？至少，在那时以至现在，可以是的。一认真，便容易趋于激烈，发扬则送掉自己的命，沉静着，又啮碎了自己的心。

这里有一点小例子。——我们是只有小例子的。

那时候，因为段祺瑞总理和他的帮闲们的迫压，我已经逃到厦门，但北京的狐虎之威还正是无穷无尽。段派的女子师范大学校长林素园，带兵接收学校去了，演过全副武行之后，还指留着的几个教员为"共产党"。这个名词，一向就给有些人以"办事"上的便利，而且这方法，也是一种老谱，本来并不希罕的。但素园却好像激烈起来了，从此以后，他给我的信上，有好一晌竟憎恶"素园"两字而不用，改称为"漱园"。同时社内也发生了冲突，高长虹从上海寄信来，说素园压下了向培良的稿子，叫我讲一句话。我一声也不响。于是在《狂飙》上骂起来了，先骂素园，后是我。素园在北京压下了培良的稿子，却由上海的高长虹来抱不平，要在厦门的我去下判断，我颇觉得是出色的滑稽，而且一个团体，虽是小小的文学团体罢，每当光景艰难时，内部是一定有人起来捣乱的，这也并不希罕。然而素园却很认真，他不但写信给我，叙述着详情，还作文登在杂志上剖白。在"天才"们的法庭上，别人剖白得清楚的么？——我不禁长长的叹了一口气，想到他只是一个文人，又生着病，却这么拚命的对付着内忧外患，又怎么能够持久呢。自然，这仅仅是小忧患，但在认真而激烈的个人，却也相当的大的。

不久，未名社就被封，几个人还被捕。也许素园已经咯血，进了病院了罢，他不在内。但后来，被捕的释放，未名社也启封了，忽封忽启，忽捕忽放，我至今还不明白这是怎么的一个玩意。

我到广州，是第二年——一九二七年的秋初，仍旧陆续的接到他几封信，是在西山病院里，伏在枕头上写就的，因为医生不允许他起坐。他措辞更明显，思想也更清楚，更广大了，但也更使我担心他的病。有一天，我忽然接到一本书，是布面装订的素园翻译的《外套》。我一看明白，就打了一个寒噤：这明明是他送给我的一个纪念品，莫非他已经自觉了生命的期限了么？

我不忍再翻阅这一本书，然而我没有法。

我因此记起，素园的一个好朋友也咯过血，一天竟对着素园咯起来，他慌张失措，用了爱和忧急的声音命令道："你不许再吐了！"我那时却记起了伊孛生的《勃兰特》。他不是命令过去的人，从新起来，却并无这神力，只将自己埋在崩雪下面的么？……

我在空中看见了勃兰特和素园，但是我没有话。

一九二九年五月末，我最以为侥幸的是自己到西山病院去，和素园谈了天。他为了日光浴，皮肤被晒得很黑了，精神却并不萎顿。我们和几个朋友都很高兴。但我在高兴中，又时时夹着悲哀：忽而想到他的爱人，已由他同意之后，和别人订了婚；忽而想到他竟连绍介外国文学给中国的一点志愿，也怕难于达到；忽而想到他在这里静卧着，不知道他自以为是在等候全愈，还是等候灭亡；忽而想到他为什么要寄给我一本精装的《外套》？……

壁上还有一幅陀思妥也夫斯基的大画像。对于这先生，我是尊敬，佩服的，但我又恨他残酷到了冷静的文章。他布置了精神上的苦刑，一个个拉了不幸的人来，拷问给我们看。现在他用沉郁的眼光，凝视着素园和他的卧榻，好像在告诉我：这也是可以收在作品里的不幸的人。

自然，这不过是小不幸，但在素园个人，是相当的大的。

一九三二年八月一日晨五时半，素园终于病殁在北平同仁医院里了，一切计画，一切希望，也同归于尽。我所抱憾的是因为避祸，烧去了他的信札，我只能将一本《外套》当作唯一的纪念，永远放在自己的身边。

自素园病殁之后，转眼已是两年了，这其间，对于他，文坛上并没有人开口。这也不能算是希罕的，他既非天才，也非豪杰，活的时候，既不过在默默中生存，死了之后，当然也只好在默默中泯没。但对于我们，却是值得记念的青年，因为他在默默中支持了未名社。

未名社现在是几乎消灭了，那存在期，也并不长久。然而自素园经营以来，绍介了果戈理（N.Gogol），陀思妥也夫斯基（F.Dostoevsky），安特列夫（L.Andreev），绍介了望·蔼覃（F.van Eeden），绍介了爱伦堡（I.Ehrenburg）的《烟袋》和拉夫列涅夫（B.Lavrenev）的《四十一》。还印行了《未名新集》，其中有丛芜的《君山》，静农的《地之子》和《建塔者》，我的《朝华夕拾》，在那时候，也都还算是相当可看的作品。事实不为轻薄阴险小儿留情，曾几何年，他们就都已烟消火灭，然而未名社的译作，在文苑里却至今没有枯死的。

是的，但素园却并非天才，也非豪杰，当然更不是高楼的尖顶，或名园的美花，然而他是楼下的一块石材，园中的一撮泥土，在中国第一要他多。他不入于观赏者的眼中，只有建筑者和栽植者，决不会将他置之度外。

文人的遭殃，不在生前的被攻击和被冷落，一瞑之后，言行两亡，于是无聊之徒，谬托知己，是非蜂起，既以自衒，又以卖钱，连死尸也成了他们的沽名获利之具，这倒是值得悲哀的。现在我以这几千字纪念我所熟识的素园，但愿还没有营私肥己的处所，此外也别无话说了。

我不知道以后是否还有记念的时候，倘止于这一次，那么，素园，从此别了！

一九三四年七月十六之夜，鲁迅记。

题注：

本篇最初发表于上海《文学》月刊第三卷第四期（1934年10月1日）。收入《且介亭杂文》。1925年鲁迅与韦素园、曹靖华、李霁野、台静农、韦丛芜等发起成立未名社，注重介绍外国文学，特别是苏俄文学，先后编印《莽原》半月刊、《未名》半月刊和"未名丛刊"、《未名新集》等，1931年因经济困难解体。韦素园是未名社的主要成员之一，因患肺病于1932年8月1日逝世。韦素园逝世近两周年之际，鲁迅作本文。

从孩子的照相说起

因为长久没有小孩子，曾有人说，这是我做人不好的报应，要绝种的。房东太太讨厌我的时候，就不准她的孩子们到我这里玩，叫作"给他冷清冷清，冷清得他要死！"但是，现在却有了一个孩子，虽然能不能养大也很难说，然而目下总算已经颇能说些话，发表他自己的意见了。不过不会说还好，一会说，就使我觉得他仿佛也是我的敌人。

他有时对于我很不满，有一回，当面对我说："我做起爸爸来，还要好……"甚而至于颇近于"反动"，曾经给我一个严厉的批评道："这种爸爸，什么爸爸！？"

我不相信他的话。做儿子时，以将来的好父亲自命，待到自己有了儿子的时候，先前的宣言早已忘得一干二净了。况且我自以为也不算怎么坏的父亲，虽然有时也要骂，甚至于打，其实是爱他的。所以他健康，活泼，顽皮，毫没有被压迫得瘟头瘟脑。如果真的是一个"什么爸爸"，他还敢当面发这样反动的宣言么？

但那健康和活泼，有时却也使他吃亏，九一八事件后，就被同胞误认为日本孩子，骂了好几回，还挨过一次打——自然是并不重的。

这里还要加一句说的听的，都不十分舒服的话：近一年多以来，这样的事情可是一次也没有了。

中国和日本的小孩子，穿的如果都是洋服，普通实在是很难分辨的。但我们这里的有些人，却有一种错误的速断法：温文尔雅，不大言笑，不大动弹的，是中国孩子；健壮活泼，不怕生人，大叫大跳的，是日本孩子。

然而奇怪，我曾在日本的照相馆里给他照过一张相，满脸顽皮，也真像日本孩子；后来又在中国的照相馆里照了一张相，相类的衣服，然而面貌很拘谨，驯良，是一个道地的中国孩子了。

为了这事，我曾经想了一想。

这不同的大原因，是在照相师的。他所指示的站或坐的姿势，两国的照相师先就不相同，站定之后，他就瞪了眼睛，觑机摄取他以为最好的一刹那的相貌。孩子被摆在照相机的镜头之下，表情是总在变化的，时而活泼，时而顽皮，时而驯良，时而拘谨，时而烦厌，时而疑惧，时而无畏，时而疲劳……。照住了驯良和拘谨的一刹那的，是中国孩子相；照住了活泼或顽皮的一刹那的，就好像日本孩子相。

驯良之类并不是恶德。但发展开去，对一切事无不驯良，却决不是美德，也许简直倒是没出息。"爸爸"和前辈的话，固然也要听的，但也须说得有道理。假使有一个孩子，自以为事事都不如人，鞠躬倒退；或者满脸笑容，实际上却总是阴谋暗箭，我实在宁可听到当面骂我"什么东西"的爽快，而且希望他自己是一个东西。

但中国一般的趋势，却只在向驯良之类——"静"的一方面发展，低眉顺眼，唯唯诺诺，才算一个好孩子，名之曰"有趣"。活泼，健康，顽强，挺胸仰面……凡是属于"动"的，那就未免有人摇头了，甚至于称之为"洋气"。又因为多年受着侵略，就和这"洋气"为仇；更进一步，则故意和这"洋气"反一调：他们活动，我偏静坐；他们讲科学，我偏扶乩；他们穿短衣，我偏着长衫；他们重卫生，我偏吃苍蝇；他们壮健，我偏生病……这才是保存中国固有文化，这才是爱国，这才不是奴隶性。

其实，由我看来，所谓"洋气"之中，有不少是优点，也是中国人性质中所本有的，但因了历朝的压抑，已经萎缩了下去，现在就连自己也莫名其妙，统统送给洋人了。这是必须拿它回来——恢复过来的——自然还得加一番慎重的选择。

即使并非中国所固有的罢，只要是优点，我们也应该学习。即使那老师是我们的仇敌罢，我们也应该向他学习。我在这里要提出现在大家所不高兴说的日本来，他的会摹仿，少创造，是为中国的许多论者所鄙薄的，但是，只要看看他们的出版物和工业品，早非中国所及，就知道"会摹仿"决不是劣点，我们正应该学习这"会摹仿"的。"会摹仿"又加以有创造，不是更好么？否则，只不过是一个"恨恨而死"而已。

我在这里还要附加一句像是多余的声明：我相信自己的主张，决不是"受了帝国主义者的指使"，要诱中国人做奴才；而满口爱国，满身国粹，也于实际上的做奴才并无妨碍。

八月七日。

题注：

本篇最初发表于上海《新语林》半月刊第四期（1934年8月20日），署名孺牛。收入《且介亭杂文》。据鲁迅1934年8月7日致徐懋庸信"还是没有气力，就胡诌了这一点塞责罢"，知本篇为应《新语林》主编徐懋庸的约稿而作。由"孩子相"的不同，看到儿童教育思想和盲目仇视"洋气"的守旧思想与偏见。文章发表后，鲁迅曾接到金性尧的来信，询问是否鲁迅所作。鲁迅于1935年11月24日回信说:"《新语林》上的关于照相的一篇文章，是我做的。公汗也是我的一个化名，但文章有时被检查官删去，弄得有头无尾，不成样子了。"

忆刘半农君

这是小峰出给我的一个题目。

这题目并不出得过分。半农去世，我是应该哀悼的，因为他也是我的老朋友。但是，这是十来年前的话了，现在呢，可难说得很。

我已经忘记了怎么和他初次会面，以及他怎么能到了北京。他到北京，恐怕是在《新青年》投稿之后，由蔡孑民先生或陈独秀先生去请来的，到了之后，当然更是《新青年》里的一个战士。他活泼，勇敢，很打了几次大仗。譬如罢，答王敬轩的双鐄信，"她"字和"牠"字的创造，就都是的。这两件，现在看起来，自然是琐屑得很，但那是十多年前，单是提倡新式标点，就会有一大群人"若丧考妣"，恨不得"食肉寝皮"的时候，所以的确是"大仗"。现在的二十左右的青年，大约很少有人知道三十年前，单是剪下辫子就会坐牢或杀头的了。然而这曾经是事实。

但半农的活泼，有时颇近于草率，勇敢也有失之无谋的地方。但是，要商量袭击敌人的时候，他还是好伙伴，进行之际，心口并不相应，或者暗暗的给你一刀，他是决不会的。倘若失了算，那是因为没有算好的缘故。

《新青年》每出一期，就开一次编辑会，商定下一期的稿件。其时最惹我注意的是陈独秀和胡适之。假如将韬略比作一间仓库罢，独秀先生的是外面竖一面大旗，大书道："内皆武器，来者小心！"但那门却开着的，里面有几枝枪，几把刀，一目了然，用不着提防。适之先生的是紧紧的关着门，门上粘一条小纸条道："内无武器，请勿疑虑。"这自然可以是真的，但有些人——至少是我这样的人——有时总不免要侧着头想一想。半农却是令人不觉其有"武库"的一个人，所以我佩服陈胡，却亲近半农。

所谓亲近，不过是多谈闲天，一多谈，就露出了缺点。几乎有一年多，他没有消失掉从上海带来的才子必有"红袖添香夜读书"的艳福的思想，好容易才给我们骂掉了。但他好像到处都这么的乱说，使有些"学者"皱眉。有时候，连到《新青年》投稿都被排斥。他很勇于写稿，但试去看旧报去，很有几期是没有他的。那些人们批评他的为人，是：浅。

不错，半农确是浅。但他的浅，却如一条清溪，澄澈见底，纵有多少沉渣和腐草，也不掩其大体的清。倘使装的是烂泥，一时就看不出它的深浅来了；如果是烂泥的深渊呢，那就更不如浅一点的好。

但这些背后的批评，大约是很伤了半农的心的，他的到法国留学，我疑心大半就为此。我最懒于通信，从此我们就疏远起来了。他回来时，我才知道他在外国钞古书，后来也要标点《何典》，我那时还以老朋友自居，在序文上说了几句老实话，事后，才知道半农颇不高兴了，"驷不及舌"，也没有法子。另外还有一回关于《语丝》的彼此心照的不快活。五六年前，曾在上海的宴会上见过一回面，那时候，我们几乎已经无话可谈了。

近几年，半农渐渐的据了要津，我也渐渐的更将他忘却；但从报章上看见他禁称"蜜斯"之类，却很起了反感：我以为这些事情是不必半农来做的。从去年来，又看见他不断的做打油诗，弄烂古文，回想先前的交情，也往往不免长叹。我想，假如见面，而我还以老朋友自居，不给一个"今天天气……哈哈哈"完事，那就也许会弄到冲突的罢。

不过，半农的忠厚，是还使我感动的。我前年曾到北平，后来有人通知我，半农是要来看我的，有谁恐吓了他一下，不敢来了。这使我很惭愧，因为我到北平后，实在未曾有过访问半农的心思。

现在他死去了，我对于他的感情，和他生时也并无变化。我爱十年前的半农，而憎恶他的近几年。这憎恶是朋友的憎恶，因为我希望他常是十年前的半农，他的为战士，即使"浅"罢，却于中国更为有益。我愿以愤火照出他的战绩，免使一群陷沙鬼将他先前的光荣和死尸一同拖入烂泥的深渊。

八月一日。

题注：

本篇最初发表于上海《青年界》月刊第六卷第三期（1934 年 10 月）。收入《且介亭杂文》。刘半农，名复，江苏江阴人。曾任北京大学教授、北平大学女子文理学院院长等职务。五四时期参与编辑《新青年》，发表《我之文学改良观》等。当胡适、陈独秀等人的"文学革命"的主张尚未引发广泛的社会反响之际，曾与钱玄同在《新青年》上发表"双簧信"。本篇中提及的"很打了几次大仗"，即指此。其后刘半农去法国留学，研究语言学。1934 年夏赴内蒙古作考古研究和方言调查，染上回归热病，医治无效，于当年 7 月 14 日病逝于北平。本篇中"关于《语丝》的彼此心照的不快活",是指刘半农在《语丝》第四卷第八期(1928年2月27日)发表的文章中说林则徐被英人俘获、"明正了典刑,在印度异尸游街"。《语丝》第四卷第十四期(1928年4月2日)刊发了指出其史实性错误的读者来信。此后刘半农即不再给《语丝》写稿。

奇怪

白道

世界上有许多事实，不看记载，是天才也想不到的。非洲有一种土人，男女的避忌严得很，连女婿遇见丈母娘，也得伏在地上，而且还不够，必须将脸埋进土里去。这真是虽是我们礼义之邦的"男女七岁不同席"的古人，也万万比不上的。

这样看来，我们的古人对于分隔男女的设计，也还不免是低能儿；现在总跳不出古人的圈子，更是低能之至。不同泳，不同行，不同食，不同做电影，都只是"不同席"的演义。低能透顶的是还没有想到男女同吸着相通的空气，从这个男人的鼻孔里呼出来，又被那个女人从鼻孔里吸进去，淆乱乾坤，实在比海水只触着皮肤更为严重。对于这一个严重问题倘没有办法，男女的界限就永远分不清。

我想，这只好用"西法"了。西法虽非国粹，有时却能够帮助国粹的。例如无线电播音，是摩登的东西，但早晨有和尚念经，却不坏；汽车固然是洋货，坐着去打麻将，却总比坐绿呢大轿，好半天才到的打得多几圈。以此类推，防止男女同吸空气就可以用防毒面具，各背一个箱，将养气由管子通到自己的鼻孔里，既免抛头露面，又兼防空演习，也就是"中学为体，西学为用"。凯末尔将军治国以前的土耳其女人的面幕，这回可也万万比不上了。

　　假使现在有一个英国的斯惠夫德似的人，做一部《格利佛游记》那样的讽刺的小说，说在二十世纪中，到了一个文明的国度，看见一群人在烧香拜龙，作法求雨，赏鉴"胖女"，禁杀乌龟；又一群人在正正经经的研究古代舞法，主张男女分途，以及女人的腿应该不许其露出。那么，远处，或是将来的人，恐怕大抵要以为这是作者贫嘴薄舌，随意捏造，以挖苦他所不满的人们的罢。

　　然而这的确是事实。倘没有这样的事实，大约无论怎样刻薄的天才作家也想不到的。幻想总不能怎样的出奇，所以人们看见了有些事，就有叫作"奇怪"这一句话。

　　　　　　　　　　　　　　　　　　　　八月十四日。

题注：

　　本篇最初发表于 1934 年 8 月 17 日《中华日报·动向》。收入《花边文学》。1934 年，在蒋介石推行的"新生活运动"中，全国各地经常有复古派发出怪论，发生怪现象。如：（1）不同泳：1934 年 7 月，广东舰队司令张之英向广东政府提议禁止男女同场游泳，之后，广州市公安局颁令实施。（2）不同行、不同食、不同演电影：自称"蚁民"的黄维新向广东政治研究会提议：①禁止男女同车；②禁止酒楼茶肆男女同食；③禁止旅客男女同住；④禁止军民人等男女同行；⑤禁止男女同演影片，并分男女游乐场所。（3）烧香拜龙，作法求雨：1934 年 6、7 月间，江南一带连续高温干旱，报载南通集资筑泥龙烧香祈雨，苏州举行小白龙出游。上海、南京、汤山等地请出了第九世班禅喇嘛、安钦活佛、六十三代张天师（瑞龄）祈祷求雨。（4）鉴赏"胖女"：

1934年8月1日，上海先施公司聘请700磅重的美国胖女尼丽在公司表演，招徕顾客。（5）禁杀乌龟：1934年2月，"中国保护动物会"呈请上海市公安局通令禁止捕卖乌龟及"劈壳挖肉，鲜血淋漓，缩头缩脚，惨不忍睹"的"丧尽天良"的"残酷行为"，"以维仁政，而救众生"。（6）研究古代舞法：1934年8月，上海在祭孔前夕演习佾舞。（7）男女分途：1934年7月，广东省河督配局局长郑日东建议禁止男女同行。（8）禁止女人露腿：1934年6月7日，蒋介石手令国民党江西省政府颁布《取缔妇女奇装异服办法》，其中第二章第七项为"裤长最短须过膝四寸，不得露腿赤足"。重庆和北平国民党市政府也禁止"女子裸膝露肘"。针对此类怪现象，鲁迅写了本文。

奇怪（二）

白道

尤墨君先生以教师的资格参加着讨论大众语，那意见是极该看重的。他主张"使中学生练习大众语"，还举出"中学生作文最喜用而又最误用的许多时髦字眼"来，说"最好叫他们不要用"，待他们将来能够辨别时再说，因为是与其"食新不化，何如禁用于先"的。现在摘一点所举的"时髦字眼"在这里——

共鸣　对象　气压　温度　结晶　彻底　趋势　理智　现实　下意识相对性　绝对性　纵剖面　横剖面　死亡率……（《新语林》三期）

但是我很奇怪。

那些字眼，几乎算不得"时髦字眼"了。如"对象""现实"等，只要看看书报的人，就时常遇见，一常见，就会比较而得其意义，恰如孩子懂话，并不依靠文法教科书一样；何况在学校中，还有教员的指点。至于"温度""结晶""纵剖面""横剖面"等，也是科学上的名词，中学的物理学矿物学植物学教科书里就有，和用于国文上的意义并无不同。现在竟"最误用"，莫非自己既不思索，教师也未给指点，而且连别的科学也一样的模胡吗？

那么，单是中途学了大众语，也不过是一位中学出身的速成大众，于大众有什么用处呢？大众的需要中学生，是因为他教育程度比较的高，能够给大家开拓知识，增加语汇，能解明的就解明，该新添的就新添；他对于"对象"等等的界说，就先要弄明白，当必要时，有方言可以替代，就译换，倘没有，便教给这新名词，并且说明这意义。如果大众语既是半路出家，新名词也还不很明白，这"落伍"可真是"彻底"了。

我想，为大众而练习大众语，倒是不该禁用那些"时髦字眼"的，最要紧的是教给他定义，教师对于中学生，和将来中学生的对于大众一样。譬如"纵断面"和"横断面"，解作"直切面"和"横切面"，就容易懂；倘说就是"横锯面"和"直锯面"，那么，连木匠学徒也明白了，无须识字。禁，是不好的，他们中有些人将永远模胡，"因为中学生不一定个个能升入大学而实现其做文豪或学者的理想的"。

八月十四日。

题注：

本篇最初发表于 1934 年 8 月 18 日《中华日报·动向》。收入《花边文学》。1934 年的大众语论争，从 5 月开始的文言与白话之争，到 6 月中下旬发展成有关语文改革的论争。杭州师范学校语文教师尤墨君在 1934 年 8 月 15 日《新语林》第三期上发表《怎样使中学生练习大众语》一文，主张中学生禁用"时髦字眼"。鲁迅因此写本文。

中秋二愿

白道

前几天真是"悲喜交集"。刚过了国历的九一八，就是"夏历"的"中秋赏月"，还有"海宁观潮"。因为海宁，就又有人来讲"乾隆皇帝是海宁陈阁老的儿子"了。这一个满洲"英明之主"，原来竟是中国人掉的包，好不阔气，而且福气。不折一兵，不费一矢，单靠生殖机关便革了命，真是绝顶便宜。

中国人是尊家族，尚血统的，但一面又喜欢和不相干的人们去攀亲，我真不知道是什么意思。从小以来，什么"乾隆是从我们汉人的陈家悄悄的抱去的"呀，"我们元朝是征服了欧洲的"呀之类，早听的耳朵里起茧了，不料到得现在，纸烟铺子的选举中国政界伟人投票，还是列成吉思汗为其中之一人；开发民智的报章，还在讲满洲的乾隆皇帝是陈阁老的儿子。

古时候，女人的确去和过番；在演剧里，也有男人招为番邦的驸马，占了便宜，做得津津有味。就是近事，自然也还有拜侠客做干爷，给富翁当赘婿，陡了起来的，不过这不能算是体面的事情。男子汉，大丈夫，还当别有所能，别有所志，自恃着智力和另外的体力。要不然，我真怕将来大家又大说一通日本人是徐福的子孙。

一愿：从此不再胡乱和别人去攀亲。

但竟有人给文学也攀起亲来了，他说女人的才力，会因与男性的肉体关系而受影响，并举欧洲的几个女作家，都有文人做情人来作证据。于是又有人来驳他，说这是弗洛伊特说，不可靠。其实这并不是弗洛伊特说，他不至于忘记梭格拉第太太全不懂哲学，托尔斯泰太太不会做文章这些反证的。况且世界文学史上，有多少中国所谓"父子作家""夫妇作家"那些"肉麻当有趣"的人物在里面？因为文学和梅毒不同，并无霉菌，决不会由性交传给对手的。至于有"诗人"在钓一个女人，先捧之为"女诗人"，那是一种讨好的手段，并非他真传染给她了诗才。

二愿：从此眼光离开脐下三寸。

九月二十五日。

题注：

本篇最初发表于 1934 年 9 月 28 日《中华日报·动向》。收入《花边文学》。鲁迅写作本文缘于以下几个事由：一是 1934 年 9 月 25 日《申报》副刊《春秋》的"观潮特刊"一栏登载溪南的《乾隆皇帝与海宁》一文，说乾隆是文渊阁大学士陈阁老之子，事见《清史要略》等书记载。二是 9 月 3 日上海中国华美烟公司为推销"光华牌"香烟，举办"中国历史上标准伟人选举奖学金"，共列候选人 200 名，分元首、圣哲、文臣、武将、文学、技艺、豪侠、女范 8 栏，把成吉思汗列为元首中第 13 人。三是有文人张若谷、穆时英拜黄金荣、杜月笙为干爷，邵洵美做盛宣怀的孙女婿。四是 8 月 29 日天津《庸报·另外一页》发表署名"山"的《评日本女作家——思想转移多与生理有关系》

一文，说"女流作家多分地接受着丈夫的暗示。在生理学上，女人和男人交合后，女人的血液中，即存有了男人的素质，而且实际在思想上也沾染了不少的暗示"。9月16日《申报·妇女园地》发表陈君冶《论女作家的生理影响与生活影响》一文予以驳斥："关于女流作家未能产生如男作家的丰富的创作，决不能从弗罗伊德主义生理的解释，获得正确的结论……只有拿史的唯物论来作解答的根源！"

奇怪（三）

白道

　　"中国第一流作家"叶灵凤和穆时英两位先生编辑的《文艺画报》的大广告，在报上早经看见了。半个多月之后，才在店头看见这"画报"。既然是"画报"，看的人就自然也存着看"画报"的心，首先来看"画"。

　　不看还好，一看，可就奇怪了。

　　戴平万先生的《沈阳之旅》里，有三幅插图有些像日本人的手笔，记了一记，哦，原来是日本杂志店里，曾经见过的在《战争版画集》里的料治朝鸣的木刻，是为记念他们在奉天的战胜而作的，日本记念他对中国的战胜的作品，却就是被战胜国的作者的作品的插图——奇怪一。

　　再翻下去是穆时英先生的《墨绿衫的小姐》里，有三幅插画有些像麦绥莱勒的手笔，黑白分明，我曾从良友公司翻印的四本小书里记得了他的作法，而这回的木刻上的署名，也明明是 FM 两个字。莫非我们"中国第一流作家"的这作品，是豫先翻成法文，托麦绥莱勒刻了插画来的吗？——奇怪二。

　　这回是文字，《世界文坛了望台》了。开头就说，"法国的龚果尔奖金，去年出人意外地（白注：可恨！）颁给了一部以中国作题材的小说《人的命运》，它的作者是安得烈马尔路"，但是，"或者由于立场的关系，这书在文字上总是受着赞美，而在内容上却一致的被一般报纸评论攻击，好像惋惜像马尔路这样才干的作家，何必也将文艺当作了宣传的工具"云。这样一"了望"，"好像"法国的为龚果尔奖金审查文学作品的人的"立场"，乃是赞成"将文艺当作了宣传工具"的了——奇怪三。

不过也许这只是我自己的"少见多怪"，别人倒并不如此的。先前的"见怪者"，说是"见怪不怪，其怪自败"，现在的"怪"却早已声明着，叫你"见莫怪"了。开卷就有《编者随笔》在——

"只是每期供给一点并不怎样沉重的文字和图画，使对于文艺有兴趣的读者能醒一醒被其他严重的问题所疲倦了的眼睛，或者破颜一笑，只是如此而已。"

原来"中国第一流作家"的玩着先前活剥"琵亚词侣"，今年生吞麦绥莱勒的小玩艺，是在大才小用，不过要给人"醒一醒被其他严重的问题所疲倦了的眼睛，或者破颜一笑"。如果再从这醒眼的"文艺画"上又发生了问题，虽然并不"严重"，不是究竟也辜负了两位"中国第一流作家"献技的苦心吗？

那么，我也来"破颜一笑"吧——

哈！

十月二十五日。

题注：

    本篇最初发表于 1934 年 10 月 26 日《中华日报·动向》。收入《花边文学》。叶灵凤，江苏南京人，现代作家、画家，曾参加创造社。穆时英，浙江鄞县人，作家。他们合编的《文艺画报》月刊，由上海杂志公司发行，1934 年 10 月创刊，1935 年 4 月停刊，共出 4 期。《文艺画报》的问世，引起鲁迅写作本文。

河南卢氏曹先生教泽碑文

夫激荡之会，利于乘时，劲风盘空，轻蓬振翮，故以豪杰称一时者多矣，而品节卓异之士，盖难得一。卢氏曹植甫先生名培元，幼承义方，长怀大愿，秉性宽厚，立行贞明。躬居山曲，设校授徒，专心一志，启迪后进，或有未谛，循循诱之，历久不渝，惠流遐迩。又不泥古，为学日新，作时世之前驱，与童冠而俱迈。爰使旧乡丕变，日见昭明，君子自强，永无意必。而韬光里巷，处之怡然。此岂轻才小慧之徒之所能至哉。中华民国二十有三年秋，年届七十，含和守素，笃行如初。门人敬仰，同心立表，冀彰潜德，亦报师恩云尔。铭曰：

华土奥衍，代生英贤，或居或作，历四千年，文物有赫，峙于中天。海涛外薄，黄神徙倚，巧黠因时，鶃枪鹊起，然犹飘风，终朝而已。卓哉先生，遗荣崇实，开拓新流，恢弘文术，诲人不倦，惟精惟一。介立或有，恒久则难，敷教翊化，实邦之翰，敢契贞石，以励后昆。

会稽后学鲁迅谨撰。

206

题注：

本篇最初发表于北平《细流》杂志第五、六期合刊（1935年6月15日），发表时题为《曹植甫先生教泽碑碑文》。收入《且介亭杂文》。本文是应曹靖华之请，为其父曹培元（字植甫）撰写的碑文。鲁迅1934年11月16日致曹靖华信中说："碑文我一定做的，但限期须略宽，当于月底为止，寄上。因为我天天发热，躺了一礼拜了……"鲁迅日记1934年11月29日、30日分别记有"午后为靖华之父作教泽碑文一篇成""晨寄靖华信并文稿"，即指本文。

论俗人应避雅人

这是看了些杂志，偶然想到的——

浊世少见"雅人"，少有"韵事"。但是，没有浊到彻底的时候，雅人却也并非全没有，不过因为"伤雅"的人们多，也累得他们"雅"不彻底了。

道学先生是躬行"仁恕"的，但遇见不仁不恕的人们，他就也不能仁恕。所以朱子是大贤，而做官的时候，不能不给无告的官妓吃板子。新月社的作家们是最憎恶骂人的，但遇见骂人的人，就害得他们不能不骂。林语堂先生是佩服"费厄泼赖"的，但在杭州赏菊，遇见"口里含一枝苏俄香烟，手里夹一本什么斯基的译本"的青年，他就不能不"假作无精打彩，愁眉不展，忧国忧家"（详见《论语》五十五期）的样子，面目全非了。

优良的人物，有时候是要靠别种人来比较，衬托的，例如上等与下等，好与坏，雅与俗，小器与大度之类。没有别人，即无以显出这一面之优，所谓"相反而实相成"者，就是这。但又须别人凑趣，至少是知趣，即使不能帮闲，也至少不可说破，逼得好人们再也好不下去。例如曹孟德是"尚通侻"的，但祢正平天天上门来骂他，他也只

208

好生起气来，送给黄祖去"借刀杀人"了。祢正平真是"咎由自取"。

所谓"雅人"，原不是一天雅到晚的，即使睡的是珠罗帐，吃的是香稻米，但那根本的睡觉和吃饭，和俗人究竟也没有什么大不同；就是肚子里盘算些挣钱固位之法，自然也不是绝无其事。但他的出众之处，是在有时又忽然能够"雅"。倘使揭穿了这谜底，便是所谓"杀风景"，也就是俗人，而且带累了雅人，使他雅不下去，"未能免俗"了。若无此辈，何至于此呢？所以错处总归在俗人这方面。

譬如罢，有两位知县在这里，他们自然都是整天的办公事，审案子的，但如果其中之一，能够偶然的去看梅花，那就要算是一位雅官，应该加以恭维，天地之间这才会有雅人，会有韵事。如果你不恭维，还好；一皱眉，就俗；敢开玩笑，那就把好事情都搅坏了。然而世间也偏有狂夫俗子；记得在一部中国的什么古"幽默"书里，有一首"轻薄子"咏知县老爷公余探梅的七绝——

> 红帽哼兮黑帽呵，风流太守看梅花。
> 梅花低首开言道：小底梅花接老爷。

这真是恶作剧，将韵事闹得一塌胡涂。而且他替梅花所说的话，也不合式，它这时应该一声不响的，一说，就"伤雅"，会累得"老爷"不便再雅，只好立刻还俗，赏吃板子，至少是给一种什么罪案的。为什么呢？就因为你俗，再不能以雅道相处了。

小心谨慎的人，偶然遇见仁人君子或雅人学者时，倘不会帮闲凑趣，就须远远避开，愈远愈妙。要不然，即不免要碰着和他们口头大不相同的脸孔和手段。晦气的时候，还会弄到卢布学说的老套，大吃其亏。只给你"口里含一枝苏俄香烟，手里夹一本什么斯基的译本"，倒还不打紧，——然而险矣。

大家都知道"贤者避世"，我以为现在的俗人却要避"雅"，这也是一种"明哲保身"。

十二月二十六日。

题注：

本篇最初发表于《太白》半月刊第二卷第一期（1935 年 3 月 20 日），发表时题作《论俗人须避雅人》，署名且介。收入《且介亭杂文》。古今"雅人"多矫情伪饰，而当时文坛上颇有人以"雅人"自居。"新月社的作家们""不能不骂"，是指梁实秋等对鲁迅的嘲骂攻击。参看鲁迅《三闲集·新月社批评家的任务》、梁实秋《"不满于现状"，便怎样呢？》(《新月》1929 年 10 月第二卷第八号）。又：林语堂在《论语》第五十五期（1934 年 12 月 16 日）发表的《游杭再记》中说："见有二青年，口里含一支苏俄香烟，手里夹一本什么斯基的译本，于是防他们看见我'有闲'赏菊，又加一亡国罪状，乃假作无精打采，愁眉不展，忧国忧家似的只是走错路而并非在赏菊的样子走出来。"这就是本文两次提到的"口里含一支苏俄香烟"的出处。

隐士

　　隐士，历来算是一个美名，但有时也当作一个笑柄。最显著的，则有刺陈眉公的"翩然一只云中鹤，飞去飞来宰相衙"的诗，至今也还有人提及。我以为这是一种误解。因为一方面，是"自视太高"，于是别方面也就"求之太高"，彼此"忘其所以"，不能"心照"，而又不能"不宣"，从此口舌也多起来了。

　　非隐士的心目中的隐士，是声闻不彰，息影山林的人物。但这种人物，世间是不会知道的。一到挂上隐士的招牌，则即使他并不"飞去飞来"，也一定难免有些表白，张扬；或是他的帮闲们的开锣喝道——隐士家里也会有帮闲，说起来似乎不近情理，但一到招牌可以换饭的时候，那是立刻就有帮闲的，这叫作"啃招牌边"。这一点，也颇为非隐士的人们所诟病，以为隐士身上而有油可揩，则隐士之阔绰可想了。其实这也是一种"求之太高"的误解，和硬要有名的隐士，老死山林中者相同。凡是有名的隐士，他总是已经有了"悠哉游哉，聊以卒岁"的幸福的。倘不然，朝砍柴，昼耕田，晚浇菜，夜织屦，又那有吸烟品茗，吟诗作文的闲暇？陶渊明先生是我们中国赫赫有名的大隐，一名"田园诗人"，自然，他并不办期刊，也赶不上吃

"庚款"，然而他有奴子。汉晋时候的奴子，是不但侍候主人，并且给主人种地，营商的，正是生财器具。所以虽是渊明先生，也还略略有些生财之道在，要不然，他老人家不但没有酒喝，而且没有饭吃，早已在东篱旁边饿死了。

所以我们倘要看看隐君子风，实际上也只能看看这样的隐君子，真的"隐君子"是没法看到的。古今著作，足以汗牛而充栋，但我们可能找出樵夫渔父的著作来？他们的著作是砍柴和打鱼。至于那些文士诗翁，自称什么钓徒樵子的，倒大抵是悠游自得的封翁或公子，何尝捏过钓竿或斧头柄。要在他们身上赏鉴隐逸气，我敢说，这只能怪自己胡涂。

登仕，是噉饭之道，归隐，也是噉饭之道。假使无法噉饭，那就连"隐"也隐不成了。"飞去飞来"，正是因为要"隐"，也就是因为要噉饭；肩出"隐士"的招牌来，挂在"城市山林"里，这就正是所谓"隐"，也就是噉饭之道。帮闲们或开锣，或喝道，那是因为自己还不配"隐"，所以只好揩一点"隐"油，其实也还不外乎噉饭之道。汉唐以来，实际上是入仕并不算鄙，隐居也不算高，而且也不算穷，必须欲"隐"而不得，这才看作士人的末路。唐末有一位诗人左偃，自述他悲惨的境遇道："谋隐谋官两无成"，是用七个字道破了所谓"隐"的秘密的。

"谋隐"无成，才是沦落，可见"隐"总和享福有些相关，至少是不必十分挣扎谋生，颇有悠闲的余裕。但赞颂悠闲，鼓吹烟茗，却又是挣扎之一种，不过挣扎得隐藏一些。虽"隐"，也仍然要噉饭，所以招牌还是要油漆，要保护的。泰山崩，黄河溢，隐士们目无见，耳无闻，但苟有议及自己们或他的一伙的，则虽千里之外，半句之微，他便耳聪目明，奋袂而起，好像事件之大，远胜于宇宙之灭亡者，也就为了这缘故。其实连和苍蝇也何尝有什么相关。

明白这一点，对于所谓"隐士"也就毫不诧异了，心照不宣，彼此都省事。

一月二十五日。

题注：

本篇最初发表于上海《太白》半月刊第一卷第十一期（1935 年 2 月 20 日），署名长庚。收入《且介亭杂文二集》。当时的中国民族矛盾、阶级矛盾十分尖锐，灾害连年，战乱频仍。日本军国主义继在中国东北成立"伪满州国"后，1935 年初又不断挑起冲突，觊觎华北。这时文坛上某些人却提倡"隐士风度"，用"隐逸""闲适"的小品文笔调写所谓宇宙之大、苍蝇之微。1934 年上海出版的由林语堂主编的《人间世》杂志，就主要刊登"以自我为中心，以闲适为格调"的小品文。而周作人在 1935 年 1 月 10 日《水星》月刊第一卷第四期发表《〈论语〉小记》，文中在引录小时候读《论语》记隐逸者的几节后说："中国的隐逸都是社会或政治的，他有一肚子理想，却看得社会浑浊无可实施，便只安分去做个农工，不再来多管……"文末说："我从小读《论语》，现在得到的结果除中庸思想外，乃是一点对隐者的同情，这恐怕也是出于读经救国论者'意表之外'的罢？"鲁迅有感而发，写作了本文。

弄堂生意古今谈

　　"薏米杏仁莲心粥！"

　　"玫瑰白糖伦教糕！"

　　"虾肉馄饨面！"

　　"五香茶叶蛋！"

　　这是四五年前，闸北一带弄堂内外叫卖零食的声音，假使当时记录了下来，从早到夜，恐怕总可以有二三十样。居民似乎也真会化零钱，吃零食，时时给他们一点生意，因为叫声也时时中止，可见是在招呼主顾了。而且那些口号也真漂亮，不知道他是从《昭明文选》或《晚明小品》里找过词汇的呢，还是怎么的，实在使我似的初到上海的乡下人，一听到就有馋涎欲滴之概，"薏米杏仁"而又"莲心粥"，这是新鲜到连先前的梦里也没有想到的。但对于靠笔墨为生的人们，却有一点害处，假使你还没有练到"心如古井"，就可以被闹得整天整夜写不出什么东西来。

　　现在是大不相同了。马路边上的小饭店，正午傍晚，先前为长衫朋友所占领的，近来已经大抵是"寄沉痛于幽闲"；老主顾呢，坐到黄包车夫的老巢的粗点心店里面去了。至于车夫，那自然只好退

214

到马路边沿饿肚子，或者幸而还能够咬份饼。弄堂里的叫卖声，说也奇怪，竟也和古代判若天渊，卖零食的当然还有，但不过是橄榄或馄饨，却很少遇见那些"香艳肉感"的"艺术"的玩意了。嚷嚷呢，自然仍旧是嚷嚷的，只要上海市民存在一日，嚷嚷是大约决不会停止的。然而现在却切实了不少：麻油，豆腐，润发的刨花，晒衣的竹竿；方法也有改进，或者一个人卖袜，独自作歌赞叹着袜的牢靠。或者两个人共同卖布，交互唱歌颂扬着布的便宜。但大概是一直唱着进来，直达弄底，又一直唱着回去，走出弄外，停下来做交易的时候，是很少的。

偶然也有高雅的货色：果物和花。不过这是并不打算卖给中国人的，所以他用洋话：

"Ringo，Banana，Appulu-u，Appulu-u-u！"

"Hana 呀 Hana-a-a！ Ha-a-na-a-a！"

也不大有洋人买。

间或有算命的瞎子，化缘的和尚进弄来，几乎是专攻娘姨们的，倒还是他们比较的有生意，有时算一命，有时卖掉一张黄纸的鬼画符。但到今年，好像生意也清淡了，于是前天竟出现了大布置的化缘。先只听得一片鼓钹和铁索声，我正想做"超现实主义"的语录体诗，这么一来，诗思被闹跑了，寻声看去，原来是一个和尚用铁钩钩在前胸的皮上，钩柄系有一丈多长的铁索，在地上拖着走进弄里来，别的两个和尚打着鼓和钹。但是，那些娘姨们，却都把门一关，躲得一个也不见了。这位苦行的高僧，竟连一个铜子也拖不去。

事后，我探了探她们的意见，那回答是："看这样子，两角钱是打发不走的。"

独唱，对唱，大布置，苦肉计，在上海都已经赚不到大钱，一面固然足征洋场上的"人心浇薄",但一面也可见只好去"复兴农村"了,唔。

四月二十三日。

题注：

　　本篇最初发表于上海《漫画生活》月刊第九期（1935年5月），署名康郁。收入《且介亭杂文二集》。1933年，民国政府成立农村经济复兴委员会，提出"复兴农村"的口号。但这一措施，除了使官僚政客们中饱私囊外，并未给萧条的国内经济带来任何起色。单是上海弄堂生意前后对比的反差，即可见所谓"复兴农村"不过是当局用来遮掩和粉饰的政治骗局而已。而面对这样黑暗的现实，上海文坛却时有脱离现实、追求"性灵"的小品文。鲁迅因此写本文。

鎌田诚一墓记

君以一九三〇年三月至沪，出纳图书，既勤且谨，兼修绘事，斐然有成。中遭艰巨，笃行靡改，扶危济急，公私两全。越三三年七月，因病归国休养，方期再造，展其英才，而药石无灵，终以不起，年仅二十有八。呜呼，昊天难测，蕙荃早摧，晔晔青春，永闷玄壤，忝居友列，衔哀记焉。

一九三五年四月二十二日，会稽鲁迅撰。

题注：

本篇未另发表，收入《且介亭杂文二集》。本篇是应鎌田诚一之兄鎌田寿之请而写的。鎌田诚一，日本人，鲁迅在《且介亭杂文二集·后记》中谈到："他是内山书店的店员，很爱绘画，我的三回德俄木刻展览会，都是他独自布置的；一二八的时候，则由他送我和我的家属，以及别的一批妇孺逃入英租界。"1933年鲁迅移居大陆新村后，曾以他的名义在溧阳路租了一间房，以存放书籍。1934年5月鎌田诚一在故乡病故，5月17日鲁迅在日记中写道："午后闻鎌田政一（诚一）君于昨日病故，忆前年相助之谊，为之黯然。"

名人和名言

　　《太白》二卷七期上有一篇南山先生的《保守文言的第三道策》，他举出：第一道是说"要做白话由于文言做不通"，第二道是说"要白话做好，先须文言弄通"。十年之后，才来了太炎先生的第三道，"他以为你们说文言难，白话更难。理由是现在的口头语，有许多是古语，非深通小学就不知道现在口头语的某音，就是古代的某音，不知道就是古代的某字，就要写错……"

　　太炎先生的话是极不错的。现在的口头语，并非一朝一夕，从天而降的语言，里面当然有许多是古语，既有古语，当然会有许多曾见于古书，如果做白话的人，要每字都到《说文解字》里去找本字，那的确比做任用借字的文言要难到不知多少倍。然而自从提倡白话以来，主张者却没有一个以为写白话的主旨，是在从"小学"里寻出本字来的，我们就用约定俗成的借字。诚然，如太炎先生说："乍见熟人而相寒暄曰'好呀'，'呀'即'乎'字；应人之称曰'是唉'，'唉'即'也'字。"但我们即使知道了这两字，也不用"好乎"或"是也"，还是用"好呀"或"是唉"。因为白话是写给现代的人们看，并非写给商周秦汉的鬼看的，起古人于地下，看了不懂，我们也毫不畏缩。所以太炎先生的第三道策，其实是文不对题的。这缘故，是因为先生把他所专长的小学，用得范围太广了。

我们的知识很有限，谁都愿意听听名人的指点，但这时就来了一个问题：听博识家的话好，还是听专门家的话好呢？解答似乎很容易：都好。自然都好；但我由历听了两家的种种指点以后，却觉得必须有相当的警戒。因为是：博识家的话多浅，专门家的话多悖的。

博识家的话多浅，意义自明，惟专门家的话多悖的事，还得加一点申说。他们的悖，未必悖在讲述他们的专门，是悖在倚专家之名，来论他所专门以外的事。社会上崇敬名人，于是以为名人的话就是名言，却忘记了他之所以得名是那一种学问或事业。名人被崇奉所诱惑，也忘记了自己之所以得名是那一种学问或事业，渐以为一切无不胜人，无所不谈，于是乎就悖起来了。其实，专门家除了他的专长之外，许多见识是往往不及博识家或常识者的。太炎先生是革命的先觉，小学的大师，倘谈文献，讲《说文》，当然娓娓可听，但一到攻击现在的白话，便牛头不对马嘴，即其一例。还有江亢虎博士，是先前以讲社会主义出名的名人，他的社会主义到底怎么样呢，我不知道。只是今年忘其所以，谈到小学，说"'德'之古字为'惪'，从'直'从'心'，'直'即直觉之意"，却真不知道悖到那里去了，他竟连那上半并不是曲直的直字这一点都不明白。这种解释，却须听太炎先生了。

不过在社会上，大概总以为名人的话就是名言，既是名人，也就无所不通，无所不晓。所以译一本欧洲史，就请英国话说得漂亮的名人校阅，编一本经济学，又乞古文做得好的名人题签；学界的名人绍介医生，说他"术擅岐黄"，商界的名人称赞画家，说他"精研六法"。……

这也是一种现在的通病。德国的细胞病理学家维尔晓（Virchow），是医学界的泰斗，举国皆知的名人，在医学史上的位置，是极为重要的，然而他不相信进化论，他那被教徒所利用的几回讲演，据赫克尔（Haeckel）说，很给了大众不少坏影响。因为他学问很深，名甚大，于是自视甚高，以为他所不解的，此后也无人能解，又不深研进化论，便一口归功于上帝了。现在中国屡经绍介的法国昆虫学大家法布耳（Fabre），也颇有这倾向。他的著作还有两种缺点：一是嗤笑解剖学家，二是用人类道德于昆虫界。但倘无解剖，就不能有他那样精到的观察，因为观察的基础，也还是解剖学；农学者根据对于人类的利害，分昆虫为益虫和害虫，是有理可说的，但凭了当时的人类的道德和法律，定昆虫为善虫或坏虫，却是多余了。有些严正的科学者，对于法布耳的有微词，实也并非无故。但倘若对这两点先加警戒，那么，他的大著作《昆虫记》十卷，读起来也还是一部很有趣，也很有益的书。

　　不过名人的流毒，在中国却较为利害，这还是科举的余波。那时候，儒生在私塾里揣摩高头讲章，和天下国家何涉，但一登第，真是"一举成名天下知"，他可以修史，可以衡文，可以临民，可以治河；到清朝之末，更可以办学校，开煤矿，练新军，造战舰，条陈新政，出洋考察了。成绩如何呢，不待我多说。

　　这病根至今还没有除，一成名人，便有"满天飞"之概。我想，自此以后，我们是应该将"名人的话"和"名言"分开来的，名人的话并不都是名言；许多名言，倒出自田夫野老之口。这也就是说，我们应该分别名人之所以名，是由于那一门，而对于他的专门以外的纵谈，却加以警戒。苏州的学子是聪明的，他们请太炎先生讲国学，却不请他讲簿记学或步兵操典，——可惜人们却又不肯想得更细一点了。

我很自歉这回时时涉及了太炎先生。但"智者千虑，必有一失"，这大约也无伤于先生的"日月之明"的。至于我的所说，可是我想，"愚者千虑，必有一得"，盖亦"悬诸日月而不刊"之论也。

七月一日。

题注：

本篇最初发表于上海《太白》半月刊第二卷第九期（1935 年 7 月 20 日），署名越丁。收入《且介亭杂文二集》。本年 6 月南山（即陈望道）在《太白》第二卷第七期上发表《保守文言的第三道策》一文，文中说："保守文言过去有过两道策。……直到最近，才由章太炎提出白话比文言还要难做的话头来，勉强算是缴了第三道。"随后引用了章太炎的演讲稿《白话与文言之关系》中的论点："叙事欲声口毕肖，须录当地方言。文言如此，白话亦然……然则并非深通小学，如何可写白话哉？"鲁迅因此而写作了本文。太炎，即章炳麟，号太炎，浙江余杭人，清末革命家、学者。他的《小学问答》一书，据东汉许慎的《说文解字》解释本字和借字，是中国文字学的重要著作。

题曹白所刻像

曹白刻。一九三五年夏天，全国木刻展览会在上海开会，作品先由市党部审查，"老爷"就指着这张木刻说："这不行！"剔去了。

题注：

本篇据手稿编入，约写于1936年3月。初未收集。曹白，木刻家。1935年时曾刻《鲁迅像》《鲁迅遇见祥林嫂》，送交全国木刻展览会，但遭国民党上海市党部检查官禁止展出。次年3月，他将木刻寄给鲁迅，鲁迅在空白处题写了这段文字。

续记

　　这是三月十日的事。我得到一个不相识者由汉口寄来的信，自说和白莽是同济学校的同学，藏有他的遗稿《孩儿塔》，正在经营出版，但出版家有一个要求：要我做一篇序；至于原稿，因为纸张零碎，不寄来了，不过如果要看的话，却也可以补寄。其实，白莽的《孩儿塔》的稿子，却和几个同时受难者的零星遗稿，都在我这里，里面还有他亲笔的插画，但在他的朋友手里别有初稿，也是可能的；至于出版家要有一篇序，那更是平常事。

　　近两年来，大开了印卖遗著的风气，虽是期刊，也常有死人和活人合作的，但这已不是先前的所谓"骸骨的迷恋"，倒是活人在依靠死人的余光，想用"死诸葛吓走生仲达"。我不大佩服这些活家伙。可是这一回却很受了感动，因为一个人受了难，或者遭了冤，所谓先前的朋友，一声不响的固然有，连赶紧来投几块石子，借此表明自己是属于胜利者一方面的，也并不算怎么希罕；至于抱守遗文，历多年还要给它出版，以尽对于亡友的交谊者，以我之孤陋寡闻，可实在很少知道。大病初愈，才能起坐，夜雨淅沥，怆然有怀，便力疾写了一点短文，到第二天付邮寄去，因为恐怕连累付印者，所以不题他的姓名；过了几天，才又投给《文学丛报》，因为恐怕妨碍发行，所以又隐下了诗的名目。

此后不多几天，看见《社会日报》，说是善于翻戏的史济行，现又化名为齐涵之了。我这才悟到自己竟受了骗，因为汉口的发信者，署名正是齐涵之。他仍在玩着骗取文稿的老套，《孩儿塔》不但不会出版，大约他连初稿也未必有的，不过知道白莽和我相识，以及他的诗集的名目罢了。

至于史济行和我的通信，却早得很，还是八九年前，我在编辑《语丝》，创造社和太阳社联合起来向我围剿的时候，他就自称是一个艺术专门学校的学生，信件在我眼前出现了，投稿是几则当时所谓革命文豪的劣迹，信里还说这类文稿，可以源源的寄来。然而《语丝》里是没有"劣迹栏"的，我也不想和这种"作家"往来，于是当时即加以拒绝。后来他又或者化名"彳亍"，在刊物上捏造我的谣言，或者忽又化为"天行"（《语丝》也有同名的文字，但是别一人）或"史岩"，卑词征求我的文稿，我总给他一个置之不理。这一回，他在汉口，我是听到过的，但不能因为一个史济行在汉口，便将一切汉口的不相识者的信都看作卑劣者的圈套，我虽以多疑为忠厚长者所诟病，但这样多疑的程度是还不到的。不料人还是大意不得，偶不疑虑，偶动友情，到底成为我的弱点了。

今天又看见了所谓"汉出"的《人间世》的第二期，卷末写着"主编史天行"，而下期要目的豫告上，果然有我的《序〈孩儿塔〉》在。但卷端又声明着下期要更名为《西北风》了，那么，我的序文，自然就卷在第一阵"西北风"里。而第二期的第一篇，竟又是我的文章，题目是《日译本〈中国小说史略〉序》。这原是我用日本文所写的，这里却不知道何人所译，仅止一页的短文，竟充满着错误和不通，但前面却附有一行声明道："本篇原来是我为日译本《支那小说史》写的卷头语……"乃是模拟我的语气，冒充我自己翻译的。翻译自己所写的日文，竟会满纸错误，这岂不是天下的大怪事么？

中国原是"把人不当人"的地方，即使无端诬人为投降或转变，国贼或汉奸，社会上也并不以为奇怪。所以史济行的把戏，就更是微乎其微的事情。我所要特地声明的，只在请读了我的序文而希望《孩儿塔》出版的人，可以收回了这希望，因为这是我先受了欺骗，一转而成为我又欺骗了读者的。

最后，我还要添几句由"多疑"而来的结论：即使真有"汉出"《孩儿塔》，这部诗也还是可疑的。我从来不想对于史济行的大事业讲一句话，但这回既经我写过一篇序，且又发表了，所以在现在或到那时，我都有指明真伪的义务和权利。

四月十一日。

题注：

本篇最初发表于上海《文学丛报》月刊第二期（1936 年 5 月 1 日），发表时题为《关于〈白莽遗诗序〉的声明》。初未收集。史济行曾在 1935 年 3 月 2 日写信给鲁迅，鲁迅日记记载："得史岩信，此即史济行也，无耻之尤！"同年 4 月 21 日记有"午后得史岩信，即史济行也，此人可谓无耻矣"。次年 3 月 10 日史济行化名齐涵之来信，骗取鲁迅为《孩儿塔》作序文。次日鲁迅即作《白莽作〈孩儿塔〉序》文稿，并于 13 日寄出。此后，1936 年 4 月 4 日上海《社会日报》刊载了《史济行翻戏志趣（上）》一文，揭发史济行化名齐涵之骗稿的行径。鲁迅因此作本文。

题《凯绥·珂勒惠支版画选集》赠季市

印造此书，自去年至今年，自病前至病后，手自经营，才得成就，持赠

季市一册，以为记念耳。

一九三六年七月二十七日

旅隼

上海

题注：

本篇据手稿编入，初未收集。《凯绥·珂勒惠支版画选集》由鲁迅编选，收德国女版画家凯绥·珂勒惠支所作版画21幅，美国女作家史沫特莱作序，鲁迅作"序目"，1936年5月以"三闲书屋"名义印行。季市，即许寿裳，鲁迅好友。1936年7月27日，许寿裳访鲁迅，鲁迅题赠此书。

死

　　当印造凯绥·珂勒惠支（Kaethe Kollwitz）所作版画的选集时，曾请史沫德黎（A.Smedley）女士做一篇序。自以为这请得非常合适，因为她们俩原极熟识的。不久做来了，又逼着茅盾先生译出，现已登在选集上。其中有这样的文字：

　　　　"许多年来，凯绥·珂勒惠支——她从没有一次利用过赠授给她的头衔——作了大量的画稿，速写，铅笔作的和钢笔作的速写，木刻，铜刻。把这些来研究，就表示着有二大主题支配着，她早年的主题是反抗，而晚年的是母爱，母性的保障，救济，以及死。而笼照于她所有的作品之上的，是受难的，悲剧的，以及保护被压迫者深切热情的意识。

　　　　"有一次我问她：'从前你用反抗的主题，但是现在你好像很有点抛不开死这观念。这是为什么呢？'用了深有所苦的语调，她回答道，'也许因为我是一天一天老了！'……"

　　我那时看到这里，就想了一想。算起来：她用"死"来做画材的时候，是一九一〇年顷；这时她不过四十三四岁。我今年的这"想了一想"，当然和年纪有关，但回忆十余年前，对于死却还没有感到这么深切。大约我们的生死久已被人们随意处置，认为无足重轻，所以自己也看得随随便便，不像欧洲人那样的认真了。有些外国人说，中国人最怕死。这其实是不确的，——但自然，每不免模模胡胡的死掉则有之。

大家所相信的死后的状态，更助成了对于死的随便。谁都知道，我们中国人是相信有鬼（近时或谓之"灵魂"）的，既有鬼，则死掉之后，虽然已不是人，却还不失为鬼，总还不算是一无所有。不过设想中的做鬼的久暂，却因其人的生前的贫富而不同。穷人们是大抵以为死后就去轮回的，根源出于佛教。佛教所说的轮回，当然手续繁重，并不这么简单，但穷人往往无学，所以不明白。这就是使死罪犯人绑赴法场时，大叫"二十年后又是一条好汉"，面无惧色的原因。况且相传鬼的衣服，是和临终时一样的，穷人无好衣裳，做了鬼也决不怎么体面，实在远不如立刻投胎，化为赤条条的婴儿的上算。我们曾见谁家生了小孩，胎里就穿着叫化子或是游泳家的衣服的么？从来没有。这就好，从新来过。也许有人要问，既然相信轮回，那就说不定来生会堕入更穷苦的景况，或者简直是畜生道，更加可怕了。但我看他们是并不这样想的，他们确信自己并未造出该入畜生道的罪孽，他们从来没有能堕畜生道的地位，权势和金钱。

然而有着地位，权势和金钱的人，却又并不觉得该堕畜生道；他们倒一面化为居士，准备成佛，一面自然也主张读经复古，兼做圣贤。他们像活着时候的超出人理一样，自以为死后也超出了轮回的。至于小有金钱的人，则虽然也不觉得该受轮回，但此外也别无雄才大略，只豫备安心做鬼。所以年纪一到五十上下，就给自己寻葬地，合寿材，又烧纸锭，先在冥中存储，生下子孙，每年可吃羹饭。这实在比做人还享福。假使我现在已经是鬼，在阳间又有好子孙，那么，又何必零星卖稿，或向北新书局去算账呢，只要很闲适的躺在楠木或阴沉木的棺材里，逢年逢节，就自有一桌盛馔和一堆国币摆在眼前了，岂不快哉！

就大体而言，除极富贵者和冥律无关外，大抵穷人利于立即投胎，小康者利于长久做鬼。小康者的甘心做鬼，是因为鬼的生活（这两字大有语病，但我想不出适当的名词来），就是他还未过厌的人的生活的连续。阴间当然也有主宰者，而且极其严厉，公平，但对于他独独颇肯通融，也会收点礼物，恰如人间的好官一样。

有一批人是随随便便，就是临终也恐怕不大想到的，我向来正是这随便党里的一个。三十年前学医的时候，曾经研究过灵魂的有无，结果是不知道；又研究过死亡是否苦痛，结果是不一律，后来也不再深究，忘记了。近十年中，有时也为了朋友的死，写点文章，不过好像并不想到自己。这两年来病特别多，一病也比较的长久，这才往往记起了年龄，自然，一面也为了有些作者们笔下的好意的或是恶意的不断的提示。

从去年起，每当病后休养，躺在藤躺椅上，每不免想到体力恢复后应该动手的事情：做什么文章，翻译或印行什么书籍。想定之后，就结束道：就是这样罢——但要赶快做。这"要赶快做"的想头，是为先前所没有的，就因为在不知不觉中，记得了自己的年龄。却从来没有直接的想到"死"。

直到今年的大病，这才分明的引起关于死的豫想来。原先是仍如每次的生病一样，一任着日本的S医师的诊治的。他虽不是肺病专家，然而年纪大，经验多，从习医的时期说，是我的前辈，又极熟识，肯说话。自然，医师对于病人，纵使怎样熟识，说话是还是有限度的，但是他至少已经给了我两三回警告，不过我仍然不以为意，也没有转告别人。大约实在是日子太久，病象太险了的缘故罢，几个朋友暗自协商定局，请了美国的 D 医师来诊察了。他是在上海的唯一的欧洲的肺病专家，经过打诊，听诊之后，虽然誉我为最能抵抗疾病的典型的中国人，然而也宣告了我的就要灭亡；并且说，倘是欧洲人，则在五年前已经死掉。这判决使善感的朋友们下泪。我也没有请他开方，因为我想，他的医学从欧洲学来，一定没有学过给死了五年的病人开方的法子。然而 D 医师的诊断却实在是极准确的，后来我照了一张用 X 光透视的胸像，所见的景象，竟大抵和他的诊断相同。

我并不怎么介意于他的宣告，但也受了些影响，日夜躺着，无力谈话，无力看书。连报纸也拿不动，又未曾炼到"心如古井"，就只好想，而从此竟有时要想到"死"了。不过所想的也并非"二十年后又是一条好汉"，或者怎样久住在楠木棺材里之类，而是临终之前的琐事。在这时候，我才确信，我是到底相信人死无鬼的。我只想到过写遗嘱，以为我倘曾贵为宫保，富有千万，儿子和女婿及其他一定早已逼我写好遗嘱了，现在却谁也不提起。但是，我也留下一张罢。当时好像很想定了一些，都是写给亲属的，其中有的是：

一，不得因为丧事，收受任何人的一文钱。——但老朋友的，不在此例。

二，赶快收敛，埋掉，拉倒。

三，不要做任何关于纪念的事情。

四，忘记我，管自己生活。——倘不，那就真是胡涂虫。

五，孩子长大，倘无才能，可寻点小事情过活，万不可去做空头文学家或美术家。

六，别人应许给你的事物，不可当真。

七，损着别人的牙眼，却反对报复，主张宽容的人，万勿和他接近。

此外自然还有，现在忘记了。只还记得在发热时，又曾想到欧洲人临死时，往往有一种仪式，是请别人宽恕，自己也宽恕了别人。我的怨敌可谓多矣，倘有新式的人问起我来，怎么回答呢？我想了一想，决定的是：让他们怨恨去，我也一个都不宽恕。

但这仪式并未举行，遗嘱也没有写，不过默默的躺着，有时还发生更切迫的思想：原来这样就算是在死下去，倒也并不苦痛；但是，临终的一刹那，也许并不这样的罢；然而，一世只有一次，无论怎样，总是受得了的……。后来，却有了转机，好起来了。到现在，我想，这些大约并不是真的要死之前的情形，真的要死，是连这些想头也未必有的，但究竟如何，我也不知道。

九月五日。

题注：

本篇最初发表于上海《中流》半月刊第一卷第二期（1936 年 9 月 20 日）。初未收集。从 1936 年 3 月发病起至 5 月，鲁迅的病况日趋严重。7 月 6 日，鲁迅在给曹靖华的信中说"我生的其实是肺病，而且是可怕的肺结核"。同月，在给母亲的信中，鲁迅写道："自五月十六日起，突然发热，加以气喘，从此日渐沈重，至月底，颇近危险……"是年 5 月下旬，史沫特莱请上海最好的肺病专家、美国人托马斯·邓恩（Thomas Dunn，即 D 医师）来诊断，确诊是肺病，并说如是欧洲人早在 5 年前就死掉了。曾经学过医学的鲁迅，或许预感到自己将不久于人世，因而写作了本文。

关于太炎先生二三事

前一些时，上海的官绅为太炎先生开追悼会，赴会者不满百人，遂在寂寞中闭幕，于是有人慨叹，以为青年们对于本国的学者，竟不如对于外国的高尔基的热诚。这慨叹其实是不得当的。官绅集会，一向为小民所不敢到；况且高尔基是战斗的作家，太炎先生虽先前也以革命家现身，后来却退居于宁静的学者，用自己所手造的和别人所帮造的墙，和时代隔绝了。纪念者自然有人，但也许将为大多数所忘却。

我以为先生的业绩，留在革命史上的，实在比在学术史上还要大。回忆三十余年之前，木板的《訄书》已经出版了，我读不断，当然也看不懂，恐怕那时的青年，这样的多得很。我的知道中国有太炎先生，并非因为他的经学和小学，是为了他驳斥康有为和作邹容的《革命军》序，竟被监禁于上海的西牢。那时留学日本的浙籍学生，正办杂志《浙江潮》，其中即载有先生狱中所作诗，却并不难懂。这使我感动，也至今并没有忘记，现在抄两首在下面——

狱中赠邹容

邹容吾小弟，被发下瀛洲。快剪刀除辫，干牛肉作馔。英雄一入狱，天地亦悲秋。临命须掺手，乾坤只两头。

狱中闻沈禹希见杀

不见沈生久，江湖知隐沦，萧萧悲壮士，今在易京门。螭魅羞争焰，文章总断魂。中阴当待我，南北几新坟。

一九〇六年六月出狱，即日东渡，到了东京，不久就主持《民报》。我爱看这《民报》，但并非为了先生的文笔古奥，索解为难，或说佛法，谈"俱分进化"，是为了他和主张保皇的梁启超斗争，和"××"的×××斗争，和"以《红楼梦》为成佛之要道"的×××斗争，真是所向披靡，令人神旺。前去听讲也在这时候，但又并非因为他是学者，却为了他是有学问的革命家，所以直到现在，先生的音容笑貌，还在目前，而所讲的《说文解字》，却一句也不记得了。

民国元年革命后，先生的所志已达，该可以大有作为了，然而还是不得志。这也是和高尔基的生受崇敬，死备哀荣，截然两样的。我以为两人遭遇的所以不同，其原因乃在高尔基先前的理想，后来都成为事实，他的一身，就是大众的一体，喜怒哀乐，无不相通；而先生则排满之志虽伸，但视为最紧要的"第一是用宗教发起信心，增进国民的道德；第二是用国粹激动种性，增进爱国的热肠"（见《民报》第六本），却仅止于高妙的幻想；不久而袁世凯又攘夺国柄，以遂私图，就更使先生失却实地，仅垂空文，至于今，惟我们的"中华民国"之称，尚系发源于先生的《中华民国解》（最先亦见《民报》），为巨大的记念而已，然而知道这一重公案者，恐怕也已经不多了。既离民众，渐入颓唐，后来的参与投壶，接收馈赠，遂每为论者所不满，但这也不过白圭之玷，并非晚节不终。考其生平，以大勋章作扇坠，临总统府之门，大诟袁世凯的包藏祸心者，并世无第二人；七被追捕，三入牢狱，而革命之志，终不屈挠者，并世亦无第二人：这才是先哲的精神，后生的楷范。近有文侩，勾结小报，竟也作文奚落先生以自鸣得意，真可谓"小人不欲成人之美"，而且"蚍蜉撼大树，可笑不自量"了！

　　但革命之后，先生亦渐为昭示后世计，自藏其锋铓。浙江所刻的《章氏丛书》，是出于手定的，大约以为驳难攻讦，至于忿詈，有违古之儒风，足以贻讥多士的罢，先前的见于期刊的斗争的文章，竟多被刊落，上文所引的诗两首，亦不见于《诗录》中。一九三三年刻《章氏丛书续编》于北平，所收不多，而更纯谨，且不取旧作，当然也无斗争之作，先生遂身衣学术的华衮，粹然成为儒宗，执贽愿为弟子者綦众，至于仓皇制《同门录》成册。近阅日报，有保护版权的广告，有三续丛书的记事，可见又将有遗著出版了，但补入先前战斗的文章与否，却无从知道。战斗的文章，乃是先生一生中最大，最久的业绩，假使未备，我以为是应该一一辑录，校印，使先生和后生相印，活在战斗者的心中的。然而此时此际，恐怕也未必能如所望罢，呜呼！

十月九日。

题注：

　　本篇最初发表于1937年3月上海出版的"工作与学习丛刊"之一《二三事》一书。初未收集。章太炎，名炳麟，近代民主革命家，著名学者，1936 年 6 月 14 日在苏州病逝。鲁迅在日本留学时，曾师从章太炎，听过他讲授《说文解字》。1936 年章太炎逝世以后，报刊刊载了一些官绅和文人的文章，奚落、歪曲他的学问人品。"狂生""名士""异端""章疯子""矜奇立异""忤时违众"等词，出现在时人的文字中。针对这些论调，鲁迅抱病接连写作了本文及《因太炎先生而想起的二三事》（10 月 17 日作）。

因太炎先生而想起的二三事

　　写完题目，就有些踌蹰，怕空话多于本文，就是俗语之所谓"雷声大，雨点小"。

　　做了《关于太炎先生二三事》以后，好像还可以写一点闲文，但已经没有力气，只得停止了。第二天一觉醒来，日报已到，拉过来一看，不觉自己摩一下头顶，惊叹道："二十五周年的双十节！原来中华民国，已过了一世纪的四分之一了，岂不快哉！"但这"快"是迅速的意思。后来乱翻增刊，偶看见新作家的憎恶老人的文章，便如兜顶浇半瓢冷水。自己心里想：老人这东西，恐怕也真为青年所不耐的。例如我罢，性情即日见乖张，二十五年而已，却偏喜欢说一世纪的四分之一，以形容其多，真不知忙着什么；而且这摩一下头顶的手势，也实在可以说是太落伍了。

　　这手势，每当惊喜或感动的时候，我也已经用了一世纪的四分之一，犹言"辫子究竟剪去了"，原是胜利的表示。这种心情，和现在的青年也是不能相通的。假使都会上有一个拖着辫子的人，三十左右的壮年和二十上下的青年，看见了恐怕只以为珍奇，或者竟觉得有趣，但我却仍然要憎恨，愤怒，因为自己是曾经因此吃苦的人，以剪辫为一大公案的缘故。我的爱护中华民国，焦唇敝舌，恐其衰微，大半正为了使我们得有剪辫的自由，假使当初为了保存古迹，留辫不剪，我大约是决不会这样爱它的。张勋来也好，段祺瑞来也好，我真自愧远不及有些士君子的大度。

当我还是孩子时，那时的老人指教我说：剃头担上的旗竿，三百年前是挂头的。满人入关，下令拖辫，剃头人沿路拉人剃发，谁敢抗拒，便砍下头来挂在旗竿上，再去拉别的人。那时的剃发，先用水擦，再用刀刮，确是气闷的，但挂头故事却并不引起我的惊惧，因为即使我不高兴剃发，剃头人不但不来砍下我的脑袋，还从旗竿斗里摸出糖来，说剃完就可以吃，已经换了怀柔方略了。见惯者不怪，对辫子也不觉其丑，何况花样繁多，以姿态论，则辫子有松打，有紧打，辫线有三股，有散线，周围有看发（即今之"刘海"），看发有长短，长看发又可打成两条细辫子，环于顶搭之周围，顾影自怜，为美男子；以作用论，则打架时可拔，犯奸时可剪，做戏的可挂于铁竿，为父的可鞭其子女，变把戏的将头摇动，能飞舞如龙蛇，昨在路上，看见巡捕拿人，一手一个，以一捕二，倘在辛亥革命前，则一把辫子，至少十多个，为治民计，也极方便的。不幸的是所谓"海禁大开"，士人渐读洋书，因知比较，纵使不被洋人称为"猪尾"，而既不全剃，又不全留，剃掉一圈，留下一撮，打成尖辫，如慈菇芽，也未免自己觉得毫无道理，大可不必了。

我想，这是纵使生于民国的青年，一定也都知道的。清光绪中，曾有康有为者变过法，不成，作为反动，是义和团起事，而八国联军遂入京，这年代很容易记，是恰在一千九百年，十九世纪的结末。于是满清官民，又要维新了，维新有老谱，照例是派官出洋去考察，和派学生出洋去留学。我便是那时被两江总督派赴日本的人们之中的一个，自然，排满的学说和辫子的罪状和文字狱的大略，是早经知道了一些的，而最初在实际上感到不便的，却是那辫子。

凡留学生一到日本，急于寻求的大抵是新知识。除学习日文，准备进专门的学校之外，就赴会馆，跑书店，往集会，听讲演。我第一次所经历的是在一个忘了名目的会场上，看见一位头包白纱布，用无锡腔讲演排满的英勇的青年，不觉肃然起敬。但听下去，到得他说"我在这里骂老太婆，老太婆一定也在那里骂吴稚晖"，听讲者一阵大笑的时候，就感到没趣，觉得留学生好像也不外乎嬉皮笑脸。"老太婆"者，指清朝的西太后。吴稚晖在东京开会骂西太后，是眼前的事实无疑，但要说这时西太后也正在北京开会骂吴稚晖，我可不相信。讲演固然不妨夹着笑骂，但无聊的打诨，是非徒无益，而且有害的。不过吴先生这时却正在和公使蔡钧大战，名驰学界，白纱布下面，就藏着名誉的伤痕。不久，就被递解回国，路经皇城外的河边时，他跳了下去，但立刻又被捞起，押送回去了。这就是后来太炎先生和他笔战时，文中之所谓"不投大壑而投阳沟，面目上露"。其实是日本的御沟并不狭小，但当警官护送之际，却即使并未"面目上露"，也一定要被捞起的。这笔战愈来愈凶，终至夹着毒詈，今年吴先生讥刺太炎先生受国民政府优遇时，还提起这件事，这是三十余年前的旧账，至今不忘，可见怨毒之深了。但先生手定的《章氏丛书》内，却都不收录这些攻战的文章。先生力排清虏，而服膺于几个清儒，殆将希踪古贤，故不欲以此等文字自秽其著述——但由我看来，其实是吃亏，上当的，此种醇风，正使物能遁形，贻患千古。

剪掉辫子，也是当时一大事。太炎先生去发时，作《解辫发》，有云——

"……共和二千七百四十一年，秋七月，余年三十三矣。是时满洲政府不道，戕虐朝士，横挑强邻，戮使略贾，四维交攻。愤东胡之无状，汉族之不得职，陨涕涔涔曰，余年已立，而犹被戎狄之服，不违咫尺，弗能剪除，余之罪也。将荐绅束发，以复近古，日既不给，衣又不可得。于是曰，昔祁班孙，释隐玄，皆以明氏遗老，断发以殁《春秋谷梁传》曰：'吴祝发'，《汉书·严助传》曰：'越劗发'，（晋灼曰：'劗，张揖以为古剪字也'）余故吴越间民，去之亦犹行古之道也。……"

文见于木刻初版和排印再版的《訄书》中，后经更定，改名《检论》时，也被删掉了。我的剪辫，却并非因为我是越人，越在古昔，"断发文身"，今特效之，以见先民仪矩，也毫不含有革命性，归根结蒂，只为了不便：一不便于脱帽，二不便于体操，三盘在囟门上，令人很气闷。在事实上，无辫之徒，回国以后，默然留长，化为不二之臣者也多得很。而黄克强在东京作师范学生时，就始终没有断发，也未尝大叫革命，所略显其楚人的反抗的蛮性者，惟因日本学监，诚学生不可赤膊，他却偏光着上身，手挟洋磁脸盆，从浴室经过大院子，摇摇摆摆的走入自修室去而已。

题注：

本篇作于 1936 年 10 月 17 日，系鲁迅逝世前两日所作最后一篇文章的未完稿，最初收入 1937 年 3 月 25 日 "工作与学习丛刊" 之二《原野》一书。初未收集。1936 年初，国民党元老吴稚晖在《东方杂志》第三十三卷第一号（1936 年 1 月 1 日）发表《回忆蒋竹庄先生之回忆》，说章太炎"不愿意投青天白日的旗帜之下，好像失意……今后他也鼎鼎大名的在苏州讲学了。党里的报纸也盛赞他的读经主张了。说不定他也要投青天白日旗的下面来，做什么国史馆总裁了"。同月9日鲁迅曾作《关于太炎先生二三事》，觉得言犹未尽，于是又写作了本文。